Michaela Daniel

Übung macht den Meister

FSC
www.fsc.org
MIX
Papier aus ver-
antwortungsvollen
Quellen
Paper from
responsible sources
FSC® C105338

Michaela Daniel

ÜBUNG MACHT DEN
Meister

Impressum

Bibliografische Information der Deutschen Nationalbibliothek: Die Deutsche Nationalbibliothek verzeichnet
diese Publikation in der Deutschen Nationalbibliografie;
detaillierte bibliografische Daten sind im Internet über
dnb.dnb.de abrufbar.

© 2023 Michaela Daniel

Herstellung und Verlag:
BoD - Books on Demand, Norderstedt

ISBN: 978-3-7578-4751-7

Der Tag begann wie jeder Tag. Kevin lag auf seinem Bett, als seine Mutter hereinkam. Sie wollte mit Kevins Vater allein in den Urlaub fahren und sich nun von Kevin verabschieden und ihm die Tasche mit dem Insulin und das Blutzuckermessgerät geben, denn Kevin war schon seit seiner Geburt an Diabetes mellitus erkrankt.

Um kurz vor acht ging er zur Schule. Da er endlich auch einmal eine sturmfreie Bude hatte, lud er sofort für den nächsten Tag ein paar Kumpels ein – und Laura, die in seiner Klasse war und in die er heimlich verknallt war.

Als er wieder zu Hause war, legte er sich vor den Fernseher. Plötzlich klingelte es an der Haustür. Kevin ging zur Tür und öffnete. Er erschrak. Vor der Tür standen zwei Männer, die er nicht kannte. Die Männer waren sehr freundlich. Bald erfuhr Kevin, dass die zwei von der Polizei waren. Kevin überlegte, ob er etwas gemacht hätte, doch dann erfuhr er, dass seine Eltern einen schlimmen Autounfall gehabt hatten und sein Vater sofort tot gewesen sei. Seine Mutter wäre noch aus dem kaputten Auto rausgeschnitten und ins Krankenhaus gefahren worden, dort aber wäre sie dann kurz darauf auch gestorben.

Kevin saß mit offenem Mund vor den zwei Männern. Das konnte nur eine Lüge sein. Sein Vater fuhr immer sehr vorsichtig.

Einer der Männer fragte Kevin: „Willst du deine Eltern noch einmal sehen?"

Kevin nickte nur mit dem Kopf, denn er bekam keinen Ton mehr raus. Sie fuhren zusammen ins Krankenhaus.

Dort sah Kevin seine Eltern. Da wusste er genau, dass sie tot waren. Er rannte raus und weinte. Er weinte lange. Was sollte nun aus ihm werden? Verwandte hatte er keine mehr, außer einer Großmutter, die zu alt war, um auf Kevin aufzupassen.

Einer der Männer, die ihn abgeholt hatten, kam auf ihn zu und sagte: „Da du keine Verwandten hast, die sich um dich kümmern können, musst du in ein Heim."

Kevin schaute auf den Boden, denn seine Mutter hatte vor wenigen Tagen noch gesagt: „Wenn du noch einmal die Schule schwänzt, kann ich dich auch in ein Heim geben."

Damals hatte Kevin nur darüber gelacht, aber nun sollte er wirklich in ein Heim.

Das Heim lag mitten in der Stadt. Der Heimleiter hieß Herr Niederstein. Er begrüßte Kevin und zeigte ihm alles. Kevin wollte nichts mehr sehen, nichts mehr hören und deshalb ging er sofort in sein neues Zimmer.

Auf seinen Nachtschrank stellte er ein Bild von sich und von seinen Eltern, das erst drei Tage vorher im Schwimmbad gemacht wurden war.

Kevin legte sich auf sein Bett und dachte nach. Was brachte es ihm, dass er noch am Leben war? Warum war er nicht mitgefahren?

Mit diesen Gedanken schlief er ein.

Am nächsten Morgen wachte er auf. Da es noch ziemlich dunkel war, dachte Kevin, er wäre zuhause und es wäre alles nur ein böser Traum gewesen. Doch dann wollte er sein Licht anmachen, doch da stand seine Lampe nicht. Er hatte nicht geträumt. Es war echt. Wieder fing er an zu weinen. Maria, eine Mitarbeiterin, kam und weckte Kevin.

Beim Frühstück schauten ihn viele Augen an. Es waren die Augen von den anderen Kindern, die auch hier wohnten. Sie hatten Kevin nicht gesehen am Tag vorher, da sie alle bis abends mit Jens und Maria schwimmen gewesen waren.

Kevin fühlte sich unwohl und sah die anderen Kinder böse an.

Nach dem Frühstück wurde Kevin von Markus zur Schule gebracht. Herr Specht, sein Klassenlehrer, schaute ihn traurig an und sagte dann: „Es tut mir so leid für dich. Du kannst jederzeit zu mir kommen, wenn du jemanden zum Reden brauchst.“

Kevin nickte und ging dann in seine Klasse. Von allen Seiten bekam er ein herzliches Beileid gesagt. Laura nahm ihn sogar in den Arm. Kevin fühlte sich bei ihr richtig wohl.

Zwei Tage später war die Beerdigung seiner Eltern.
Kevin warf einen Strauß Rosen ins Grab von beiden. Rosen waren immer die Lieblingsblumen von seiner Mutter gewesen. Sein Vater hatte seiner Mutter jeden Sonntag Rosen geschenkt.

Kevins Großmutter war auch da. Sie gab Kevin einen Kuss, was sie sonst nicht machte. Danach sagte sie: „Mein Junge, jetzt habe ich nur noch dich. Bitte komm mich oft besuchen, ja?" „Klar!" sagte Kevin und ging.

Kevin ging in das Haus seiner Eltern. Was würde wohl mit dem Haus passieren? Es hatten doch sein Vater und sein Großvater gebaut. Kevin ging im ganzen Haus herum und packte viele Sachen in den Rucksack, den er mitgebracht hatte.

Anschließend ging er wieder zum Grab. Dort waren nur noch die Leute, die das Grab zumachten. Kevin setzte sich daneben. Plötzlich sprang er auf und rief: „Das könnt ihr nicht machen, die bekommen doch keine Luft mehr!"

Er sprang auf, schubste einen der Arbeiter weg vom Grab. Dann nahm er den Spaten und schaufelte die Erde wieder raus. Der Arbeiter, den er weggeschubst hatte, kam auf ihn zu und sagte: „Deine Eltern sind tot. Sie brauchen nicht mehr zu atmen. Versteh es doch!“

Kevin setzte sich wieder hin. Er weinte. Die Männer machten nicht weiter. Sie warteten.

Maria holte Kevin ab. Er weinte und sagte immer wieder: „Das können die nicht tun. Sie bekommen doch keine Luft mehr.“

Den ganzen Tag lag Kevin im Bett, weinte und schrie. Am Abend hatte Maria genug davon und rief deshalb einen Arzt. Er sollte Kevin eine Beruhigungsspritze geben.

Als der Arzt kam, schrie Kevin immer noch. Er wälzte sich im Bett hin und her. Markus und Jens mussten ihn festhalten, damit der Arzt nicht daneben spritzte. Dann sagte der Arzt zu Kevin: „Es wird alles wieder gut.“

Kevin wurde ruhiger und endlich schlief er ein.

Am nächsten Morgen wurde er von Ernst geweckt. Das Essen schmeckte ihm nicht und er hatte zu allem keine Lust. In der Schule hörte er nicht zu. In der ersten großen Pause traf er Herrn Specht. „Du,

Kevin, ich möchte mich mit dir mal unterhalten. Ist das okay, wenn du nach der nächsten Stunde zu mir in mein Büro kommst?"

Früher, als Herr Specht das gesagt hatte, gab es fast immer Ärger. Letztes Mal war er bei Herrn Specht gewesen, weil er so lange die Schule geschwänzt hatte. Kevin sah auf den Boden und nickte.

Nach der Stunde blieb er aber in der Klasse. Mitten in der nächsten Stunde kam Herr Specht. Er wollte Kevin abholen.

Kevin ging hinter Herrn Specht her. Im Büro fragte Herr Specht, ob Kevin ein Glas Saft haben wolle. Nachdem Herr Specht eine Tasse Kaffee hatte und Kevin ein Glas Saft in der Hand hielt, fing er an. „Weißt du, Kevin, es ist jetzt nicht einfach für dich, aber du kannst doch jetzt nicht alles hinwerfen. Kannst du nicht versuchen, dich wieder in den normalen Schulalltag einzugewöhnen?"

„Aber …"

„Ich weiß, deine Eltern sind tot. Hast du schon einmal mit jemandem geredet darüber?"

Kevin schüttelte den Kopf.

„Nein? Wenn du willst, kannst du mir jetzt alles erzählen."

Kevin fing an zu erzählen und hörte gar nicht mehr auf. Anschließend fühlte er sich besser. „Kevin, danke, dass du mir das erzählt hast. Ich hatte

mal einen Schüler, Sven hieß der, der hatte als kleiner Junge beim Ballspielen seine kleine Schwester verloren. Er hat es die ganze Zeit mit sich herumgetragen. Irgendwann kam er dann in die Psychiatrie. Hätte ich vorher mit ihm geredet, wäre es vielleicht nicht so weit gekommen.“

Die Tage vergingen und der Alltag schlich sich ein.

Bald kannte er das Heim, die Mitarbeiter und die anderen Kinder.

Eines Abends unterhielt Kevin sich mit Sven, einem Jungen aus dem Heim. Je mehr sie sich unterhielten, desto deutlicher merkte Kevin, dass Sven der Junge war, von dem Herr Specht gesprochen hatte. Die beiden verstanden sich sehr gut, obwohl Sven schon 18 Jahre alt war und somit drei Jahre älter als Kevin.

Da sich Kevin gut mit Sven verstand, war er auch bei den anderen beliebt.

Mit Laura war er jetzt auch sehr gut befreundet, denn sie hörte ihm zu, als er ihr von seinen Eltern erzählte, und sie tröstete ihn. Kevin war gern mit Laura zusammen. Am Geburtstag von seinem Vater wollte er ans Grab, doch er durfte nicht. Da lief er vom Heim weg. Kevin klaute sich aus einem Geschäft etwas zu essen und ein Taschenmesser. Anschließend ging er zum Friedhof. Er setzte sich vor das Grab seiner Eltern. Er unterhielt sich mit ihnen. Kevin legte sich auf eine Bank, die ganz in der Nähe stand.

Im Heim hatten sie die Polizei schon benachrichtigt. Einen Tag später kam Jens die Idee Kevin auf dem Friedhof zu suchen. Am nächsten Morgen ging Steve sehr früh zum Friedhof. Dort lag Kevin auf der Bank und schlief. Als Steve kam, wachte Kevin auf und rief: „Ich bleib hier. Ich komme nicht mit."

Steve setzte sich neben Kevin auf die Bank.

„Ich komm nicht mit!"

Eine Stunde später reichte es Steve und er sagte: „So, jetzt pass du mal genau auf …"

"Ich komme nicht mit zu euch Arschlöchern."

„Pass auf, was du sagst. Du kommst jetzt sofort mit oder ich werde richtig böse."

„Nein ich bleibe hier, wo ich hingehöre."

Steve packte Kevin am Arm und schleifte ihn in sein Auto. Sie fuhren ins Heim. Kevin wollte nicht aussteigen, doch als ihn Steve im Nacken festhielt, stieg er doch aus. Im Haus wunderte er sich, denn in seinem Zimmer standen Kisten. „Wir haben beschlossen, dass du mit Eva das Zimmer tauschst."

Das Zimmer lag direkt am Erzieherzimmer. Na toll, dachte Kevin. Nun war er immer beaufsichtigt.

Als Kevin mal wieder nicht ans Grab durfte, ging er hoch. Dort begegnete ihm Johannes. Kevin boxte ihm in den Bauch. Es dauerte nicht lange, da schlug Johannes zurück.

Als Lisa, die Freundin von Sven, nach Hause wollte, lagen Johannes und Kevin auf dem Boden und schlugen sich. Lisa sah sie und rief sofort Markus und Jens, die an diesem Tag Dienst hatten. Beide kamen hoch und rissen die beiden Streithähne auseinander. Markus hielt Johannes fest und Jens hielt Kevin fest. Die vier gingen ins Erzieherzimmer. „Was fällt euch beiden denn ein? Ich warte auf eine Antwort!"

„Der hat mich provoziert", sagte Johannes.

„Arschloch, Missgeburt …"

„Kevin, solche Wörter will ich nicht hier hören. Ist das klar?"

Kevin schaute zu Boden.

„Kevin ich warte auf eine Antwort. Schau mich an, wenn ich mit dir rede!"

„Ey, Mann, das, was dieses Arsch…"

„Kevin, noch einmal so ein Wort und wir haben gleich ein sehr ernstes Gespräch."

„Aber dieses Arschl…"

„Ich glaube, du hast mich nicht richtig verstanden. Geh in dein Zimmer und ich komme gleich nach!"

„Warum? Ich habe doch nichts gemacht."

„Ich will nichts mehr hören, du gehst sofort in dein Zimmer!"

Missmutig ging er in sein Zimmer. Er setzte sich auf seine Coach und drehte seine Musik laut auf. Es dauerte nicht lange, da kam Jens zu ihm. Er machte die Musik leiser und sagte: „So, Kevin, nun zu dir. Lisa hat gesagt, dass sie gesehen hat, wie du angefangen hast, stimmt das?"

„Diese Schlampe!"

„Kevin, du hast heute Abend Küchendienst."

„Aber …"

„Keine Widerworte mehr, sonst hast du morgen auch noch Küchendienst. Also, du hast angefangen. Warum? … Ich habe dich etwas gefragt … Schau mich an, wenn ich mit dir rede."

Es dauerte noch eine Stunde, bis Jens aus Kevins Zimmer kam.

Am Abend mussten Kevin und Johannes früher ins Zimmer. Kevin überlegte, wie er abhauen könnte, aber das Zimmer lag im ersten Stock und im Erzieherzimmer saßen die Erzieher.

Kevin überlegte, wenn er nicht so zu seinen Eltern durfte, dann wollte er es anders versuchen. Er wollte sich einfach nicht mehr Insulin spritzen. Mit diesem Vorsatz schlief er ein.

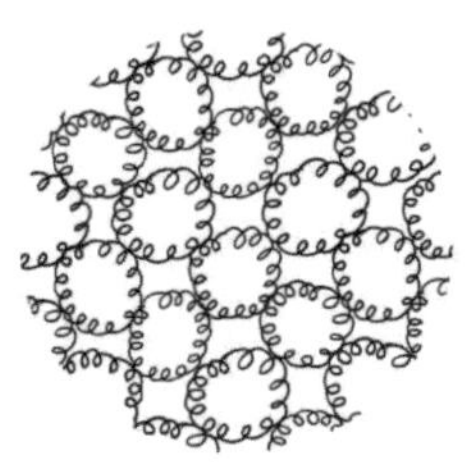

Am nächsten Morgen spritzte er sich vor der Schule nicht sein Insulin. In der ersten Stunde hatten sie Mathe bei Herrn Slowa, da wurde Kevin schon leicht schwindelig. Dann ging er mit Laura zum Aufzug, um zum nächsten Unterricht zu gehen. Plötzlich blieb der Aufzug stehen. Es ging nichts mehr. Laura zitterte am ganzen Körper. Kevin wurde es so schwindelig, dass er sich setzen musste. Ihm wurde schwarz vor den Augen und er wurde bewusstlos. Laura erschrak. Sie dachte, Kevin würde sterben. Auf einmal sah sie den roten Notfallknopf. Sie drückte darauf. Eine Stimme kam und Laura erzählte, was sich zugetragen hatte. Die Stimme am anderen Ende sagte ruhig, dass schon welche dabei wären, die Tür zu öffnen. Es dauerte nicht lange, da wurde die Tür ein Stück geöffnet. Doch die Tür ging nicht weiter auf. Ein Krankenwagen war bereits gekommen und ein Arzt stand davor. Er gab Laura eine kleine Tasche mit Insulin und einer Spritze. Der Arzt erklärte ihr, was sie machen sollte. Laura rief: „Das kann ich nicht!“

„Doch, du schaffst das, sonst stirbt der Junge.“

Laura versuchte es und wirklich, es gelang ihr. Kurze Zeit später war die Tür ganz offen. Kevin wurde auf einer Trage in den Krankenwagen gebracht. Der Arzt sagte zu Laura: „Wegen dir hat der Junge überlebt.“

Laura weinte. Sie durfte mit ins Krankenhaus fahren. Zwei Stunden später waren Jens und Maria da. Kevin schaute sie nicht an. Dann sagte er unter Tränen: „Ich wollte doch sterben, damit ich bei meinen Eltern sein kann.“

Der Arzt holte Maria und Jens in sein Büro. Dann sagte er: „Der Junge wollte sich umbringen und ich fürchte, er wird es wieder versuchen. Deshalb sollte er einen Psychologen aufsuchen. Außerdem sollten Sie dabei sein, wenn er sich spritzen muss. Wenn er sich nicht spritzen will, könnten Sie das machen. Ich werde ihnen in den nächsten Tagen zeigen, wie das geht.“

Die Tage vergingen und Kevin freute sich auf Zuhause. Markus holte ihn ab. Nun wurde er jedes Mal, wenn er sich spritzen musste, gerufen. Kevin musste sich jedes Mal im Erzieherzimmer spritzen.

Die Wochen vergingen und die Sommerferien brachen an. Die ersten Wochen durfte er zu seiner Großmutter. Die Tage dort waren für Kevin wunderschön. Bei seiner Großmutter roch es nach Zuhause, nach seinen Eltern. Doch leider gingen die Tage viel zu schnell vorbei. Am letzten Tag backte er mit seiner Großmutter einen Apfelkuchen, den sie dann mit Markus aßen, der ihn abholte.

Am Abend durfte er zum Grab seiner Eltern. Sven ging mit ihm dorthin.

Beide setzten sich auf die Bank, dann ging Kevin ans Grab. Er begann von der Woche mit seiner Großmutter zu erzählen. Kevin spürte, wie ihm warm ums Herz wurde.

„Sie sind da!", rief Kevin Sven zu, der auf der Bank auf Kevin wartete. Sven nickte.

Sie blieben noch eine halbe Stunde, dann sagte Sven: „Komm wir müssen gehen."

Beide gingen schweigend nebeneinander her. Plötzlich sagte Kevin: „Du, ich glaube meine Eltern wollen, dass ich zu ihnen komme.“

„Ach, Quatsch“, antwortete Sven.

Als sie im Heim angekommen waren, ging Kevin in sein Zimmer. Er nahm sich das Bild vom Schwimmbad und setzte sich aufs Bett. Wieder spürte er diese Wärme. Dann sagte er zu sich: Mam, Dad, ich komme!

Kevin zog sich seine Jacke an und legte sich wieder in sein Bett. Er wartete, bis Torben seine Runde gemacht hatte und dann schlafen ging. Es war ein Uhr, als alles ruhig war.

Kevin ging in die Küche und stieg aus dem Fenster. Dann lief er los. Er lief zu einer Brücke außerhalb der Stadt. In seiner Hand hielt er das Bild fest.

Langsam kletterte er auf das Geländer. Er sah nach unten, doch als er sah, wie weit es nach unten ging, sah er schnell wieder hoch.

In diesem Moment kam ein Auto vorbeigefahren. Es hielt neben ihm am Straßenrand. Aus dem Auto stieg ein alter Mann. „Hey Junge, komm da weg!“

Kevin schwieg. Der Mann nahm sein Handy und rief damit bei der Polizei an.

Es dauerte nicht lange, da sah Kevin, wie unten alles voller Blaulicht war und ein Krankenwagen, ein Polizeiauto und die Feuerwehr Stellung einnahmen.

Auf die Brücke kam ein Polizist. Die Brücke wurde gesperrt. Viele Schaulustige hatten sich eingefunden.

„Hey, wie heißt du?", fragte der Polizist. Kevin schwieg. „Ich bin Stefan, komm doch etwas zurück, damit wir uns besser unterhalten können."

„Nein, ich geh zu meinen Eltern", rief Kevin. Er schloss seine Augen und sprang. Im Flug dachte er: Mam, Dad, gleich bin ich bei euch. Dann knallte er auf den Boden. Sofort kam der Notarzt vom Rettungshubschrauber. Kevin wurde sofort in den Hubschrauber gebracht. Kevin kam mit lebensgefährlichen Verletzungen ins Krankenhaus. Dort wurde er erst einmal notoperiert. Da Kevin einen Genickbruch erlitten hatte, mussten die Ärzte seinen Kopf in einer mehrstündigen Operation regelrecht wieder anschrauben. Anschließend wurde er in ein künstliches Koma versetzt.

Als seine Großmutter über den Vorfall informiert wurde, bekam sie einen so schlimmen Herzinfarkt, dass sie diesen nicht überlebte.

Als er aufwachte, spürte er starke Schmerzen.

„Hallo. Na, wie geht es dir?", fragte ihn eine Schwester, die gerade etwas an einer Maschine herumstellte. Kevin sagte nichts. Ihm liefen nur die Tränen über die Wangen. Es dauerte nicht lange, da kam ein Arzt, der Kevin untersuchte. Der Arzt setzte sich an Kevins Bett.

„Junge, warum hast du das gemacht? Du hattest einen Genickbruch und es ist ein Wunder, dass du noch lebst."

Kevin war noch drei Monate im Krankenhaus, anschließend sollte er in ein spezielles Rehazentrum.

Im Krankenhaus lag er die meiste Zeit im Bett. Nur wenige Male wurde er rausgelassen. Im Bett dachte er viel nach. Was brachte es ihm jetzt, dass er noch am Leben war? Er konnte nichts mehr alleine tun. Nur mit dem Kopf konnte er selbst entscheiden, wie er diesen drehen wollte. Kevin war vom Hals abwärts gelähmt. Zwar spürte er, wenn ihn jemand berührte, aber er konnte sich nicht bewegen. Warum hatte er nur so ein Pech gehabt?

Um neun Uhr wurde er von einem Krankenwagen zu dem Rehazentrum gebracht. Das Gebäude war sehr groß. Die zwei Sanitäter schoben ihn über große Gänge. Kevin sah im Augenwinkel mehrere Rollstuhlfahrer. Dann stiegen sie in einen Aufzug und fuhren nach oben.

Eine Schwester stand vor dem Aufzug und begrüßte Kevin. „Hallo, ich bin Anja und wie heißt du?"

„Kevin", antwortete er.

Anja zeigte den Sanitätern das Zimmer. Zu dritt hoben sie Kevin mit einer Decke von der Trage auf das Bett. Die Sanitäter verabschiedeten sich von Kevin und verließen das Zimmer. Kurz darauf kam ein junger Mann.

„Kann ich dir helfen?", fragte er Anja.

„Du kannst mir helfen beim Drehen", antwortete sie. Dann drehte sie sich zu Kevin. „Wir werden jetzt die Decke aus dem Bett holen." Während sie das sagte, legte sie Kevins Arme über seinen Bauch. „Okay, Tom, du kannst ihn nun zu dir drehen."

Tom drehte Kevin zu sich. Anja schob die Decke ganz dicht an Kevin. Dann drehte ihn Tom auf die andere Seite.

Tom nahm die Decke aus dem Bett und faltete sie zusammen. Als er gerade dabei war, klopfte es an der Tür. Ein junger Mann kam mit einem Karton herein.

„Hallo ich bin Piet", sagte er zu Kevin und zu Anja sagte er: „Hier ist die Sondenkost stellen, wir sie in den Schrank?"

Anja nickte. Dann gingen alle drei nach draußen.

Kevin schloss seine Augen. Er dachte nach. Es dauerte nicht lange, da schlief er ein. Er träumte von seinem Vater. Dieser ging mit ihm im Wald spazieren. Das hatten sie oft getan. Plötzlich huschte ein Reh vorbei. „Junge, warum hast du das getan? Warum?", fragte er.

Kevin wachte erschrocken auf. Er war allein. Er sah, dass ihm jemand die Sondenkost angehängt hatte. Im Krankenhaus hatte er eine Magensonde durch den Bauch gelegt bekommen, da er anfangs so starke Schluckstörungen hatte, dass die Ärzte meinten, dass dies besser sei. Kevin beobachtete die Tropfen, die über einen langen Schlauch in seinen Bauch flossen. Er fing an sie zu zählen. „Eins, zwei, drei … zehn … dreiundzwanzig … sechsundfünfzig …" Als Kevin schon weit über hundert gezählt hatte, dämmerte es draußen bereits, sodass er die Tropfen bald nicht mehr sehen konnte. Es dauerte nicht lange, da lag Kevin ganz im Dunklen.

Als sich seine Augen an die Dunkelheit gewöhnt hatten, wurde die Tür aufgerissen und eine ältere Frau

knipste das Licht an. „Guten Abend, ich bin Else. Na, du hast ja den ganzen Nachmittag verschlafen."

Dann gab Else Kevin sein Insulin, und seine Medikamente gab sie ihm über die Magensonde. Während sie noch die Medikamente über die Sonde spritzte, kam Konrad. Konrad war Schüler hier. Er hatte ein paar Kissen in der Hand, die er zur Seite legte. Als Else fertig war, drehte Konrad Kevin zur Seite. Else schob Kevin ein Kissen in den Rücken. Nachdem Konrad Kevin wieder zurückgedreht hatte, deckte Else ihn wieder mit der Decke zu. Beide gingen raus und machten das Licht wieder aus.

Am nächsten Morgen kam ein Mann zu Kevin. „Hallo, Kevin, ich bin Kai und bin Krankengymnast. Wir werden die nächste Zeit miteinander zu tun haben." Kevin nickte.

Kai fing an und bewegte Kevins Arme und Beine. Obwohl Kevin nicht selbst die Beine und Arme bewegte, war er trotzdem sehr geschafft, als Kai fertig war.

„Okay, das reicht für heute. Wir sehen uns morgen wieder. Tschüss."

„Tschüss", rief Kevin ihm hinterher.

Später am Tag klopfte es zaghaft an der Tür. Als Kevin nichts sagte, klopfte es noch einmal, diesmal etwas lauter.

„Herein!", rief Kevin.

Die Tür ging langsam auf. Kevin sah Laura, die lächelnd an der Tür stand. Sie kam auf Kevin zu und reichte ihm die Hand. „Hallo, Kevin, na, wie geht es dir? Ich habe von deinem Unfall gehört und ich …" Plötzlich fiel ihr ein, das Kevin ja seine Arme gar nicht bewegen konnte. Schnell zog sie ihre Hand weg. „Oh, Kevin, tut mir leid, ich habe nicht dran gedacht."

„Ist nicht schlimm", sagte Kevin.

Laura setzte sich mit einem Stuhl ans Bett. Dann unterhielten sie sich. Laura erzählte von der Schule. Herr Specht hatte seiner Klasse nur gesagt, das Kevin einen schweren Unfall gehabt hätte.

„Ich soll dich von allen grüßen. Hier, das ist für dich."

Sie hielt ein großes Plakat in der Hand. Darauf stand: Gute Besserung, wir vermissen dich. Darunter hatten alle aus seiner Klasse unterschrieben.

Kevin verspürte ein Glücksgefühl.

Laura blieb noch sehr lange. Beide lachten sehr viel. Zwischendurch fragte sie Kevin, ob dieser etwas trinken wollte. Kevin nickte. Laura nahm den Becher, der auf dem Nachtschrank stand. Laura füllte etwas Saft hinein, der auf dem Tisch stand. Dann fuhr sie das Kopfteil vom Bett etwas hoch. Anschließend gab sie Kevin was zu trinken. Beim dritten Schluck verschluckte sich Kevin so stark, dass ihm die Tränen in die Augen schossen. Laura stellte den Becher zur Seite. Es dauerte etwas, bis Kevin wieder normal atmen konnte.

Gegen 16 Uhr musste Laura nach Hause. Sie stellte den Stuhl wieder zurück an den Tisch.

„Tschüss, Kevin, ich komme bald wieder", rief Laura und streichelte ihm über seinen linken Arm. Dann ging sie zur Tür.

Als sie gerade die Türklinge runterdrücken wollte, fragte Kevin: „Du Laura?"

„Ja?"

„Kannst du mich vielleicht einmal drücken?"

Laura lächelte ihn an. „Gerne."

Sie kam zurück. Laura hob Kevin etwas nach vorn, sodass sie ihn umarmen konnte. Kevin schwebte auf Wolke sieben. Laura drückte ihn fest an sich. Kevin kam es vor wie eine Ewigkeit. Dann verabschiedete sich Laura erneut und ging.

Die Tage vergingen. Kevin bekam von der Krankenkasse einen extra Rollstuhl, der genau auf ihn abgestimmt war. Dafür wurde er drei Tage vorher genau gemessen.

Am nächsten Morgen kam Tom zu Kevin. „Guten Morgen, na, gut geschlafen?" Kevin nickte müde, während Tom eine Waschschüssel holte. „Du, ich wollte dich heute mal aus dem Bett rausholen", sagte Tom.

Kevin freute sich, da er dann etwas anderes sehen würde als die Decke, wo er bereits jeden Fliegendreck gezählt hatte. Tom fing an Kevin zu waschen. Als er damit fertig war, zog er Kevin einen Jogginganzug an. Kevin freute sich. Lange schon hatte er keine richtige Kleidung mehr angehabt. Seit er im Krankenhaus war, hatte er immer nur ein Patientenhemd anbekommen.

Nachdem Tom ihn fertig angezogen hatte, ging Tom kurz nach draußen. Dann kam er mit einem großen Wagen wieder. „Das ist ein Lifter, damit werde ich dich aus dem Bett holen", erklärte Tom, während er Kevin ein Netz unterlegte. Dann hängte er das Netz an den Lifter. „Pass auf, jetzt geht es nach oben, nicht erschrecken."

Tom drückte einen Knopf. Kevin wurde vom Lifter aus dem Bett gehoben. Seine Beine hingen schlaff herunter. Anschließend fuhr Tom ihn direkt über den Rollstuhl und drückte einen anderen Knopf. Der Lifter fuhr Kevin nach unten. Es dauerte nicht lange, da saß er im Rollstuhl. Der Rollstuhl war sehr bequem. Tom löste das Netz vom Lifter und fuhr diesen nach draußen auf den Flur.

„So, nun schnallen wir dich noch an, damit du nicht raus fällst."

Der Anschnallgurt sah aus wie in einem Auto. Nachdem Tom Kevin die Haare noch gekämmt hatte, schob er Kevin nach draußen. Er schob ihn in einen großen Raum, in dem drei große Tische standen. Kevin wurde an den vorderen Tisch gestellt, an dem schon zwei andere mit ihren Rollstühlen saßen.

„Das sind Tino und Paula und das hier ist Kevin", stellte Tom alle vor. Tino wollte Kevin die Hand geben, doch da merkte er, dass Kevin vom Hals abwärts gelähmt war. Schnell zog er seine Hand wieder zurück.

Tom ging in Kevins Zimmer zurück und holte eine Sondenkost und die Pumpe. Als er zurückkam, fragte ihn Konrad: „Kann ich Kevin etwas Brei geben?"

„Ja, probiere es", antwortete Tom. Tom hängte Kevin die Sondenkost an.

Konrad ging in die Küche, wo Hanna das Frühstück zubereitete. Nachdem alle Tabletts ein Frühstück drauf stehen hatten, fingen Hanna und Konrad an die Tabletts auszuteilen. Zum Schluss kam Konrad mit einem Teller Grießbrei zu Kevin. Konrad schob Tino etwas zur Seite und stellte für sich einen Stuhl zwischen Tino und Kevin.

Anschließend fing er an mit einem großen Löffel Kevin den Grießbrei anzureichen. Sehr langsam leerte sich der Teller. Alle anderen, die am Tisch saßen, waren schon lange mit dem Essen fertig. Nach dem letzten Löffel Grießbrei wollte Konrad Kevin noch Milch geben, doch da verschluckte sich Kevin so stark, dass Konrad den Becher wegstellte. Dann nahm er den leeren Teller und brachte ihn in die Küche.

Nach dem Frühstück kam Kai. „Hey, das ist ja cool, dass du draußen bist. Kann ich dich mit ins Zimmer nehmen?"

„Von mir aus", antwortete Kevin.

Kai schob Kevin ins Zimmer, wo er eine Stunde lang Bewegungen durchführte.

Anschließend fuhr er Kevin wieder nach vorn. Dort wurde bereits das Mittagsessen verteilt. Hanna kam auf Kevin zu und fragte: „Willst du auch was essen?"

Kevin schüttelte den Kopf. Er merkte, dass ihm das Aufstehen sehr zu schaffen machte, deshalb fragte er Hanna: „Ich bin müde, kann ich wieder in mein Bett?"

„Kannst du noch bis nach dem Essen aushalten?"

„Okay"; antwortete Kevin.

Kevin sah, wie das Mittagessen verteilt wurde. Es gab Fischstäbchen, Pommes und Salat. Kevin aß Salat gern. Seine Oma hatte ihm früher oft einen frischen Salat aus ihrem Garten zubereitet, während Kevin mit seinem Opa draußen herumtobte. Später als sein Opa verstorben war, half er seiner Oma beim Zubereiten des Salats. Dabei erzählte sie ihm, wie sie seinen Opa kennengelernt hatte. Kevin hörte immer gespannt zu. Er mochte es, wenn seine Oma von früher erzählte.

„Hey, Kevin, aufwachen."

Kevin öffnete die Augen. Er war eingeschlafen. Hanna räumte die letzten Tische noch ab.

Dann kam Tom auf Kevin zu. „Ich bring dich in dein Zimmer."

Tom schob Kevin mit dem Rollstuhl ins Zimmer. Er ging raus und holte den Lifter. Kurze Zeit später lag Kevin wieder im Bett. Tom deckte ihn mit der Decke zu und verließ das Zimmer. Kevin schlief sofort ein.

Als er aufwachte, sah er, dass jemand Wasser in die Pumpe gehängt hatte. Kevin sah, wie die Tropfen einzeln hinuntertropften.

Gegen Abend kam Laura zu Besuch. Nachdem sie reingekommen war, ging sie direkt auf Kevin zu und umarmte ihn. Kevin spürte die Wärme, die er damals am Grab seiner Eltern gespürt hatte. Kevin fühlte sich sehr wohl.

Laura blieb sehr lange. Alle anderen Besucher hatten ihre Besuche schon beendet und der Spätdienst hatte schon lange Feierabend.

Um 21 Uhr kam Piet, der Nachtdienst hatte, und hängte noch eine Flasche Wasser an. Laura brachte er einen Tee.

Kevin und Laura unterhielten sich viel. Auf einmal fragte Laura: „Wie ist das eigentlich passiert?"

Kevin schwieg. Nach einer Weile sagte er: „Bitte sei mir nicht böse, aber ich kann dir das nicht sagen."

Kevin hatte Angst, dass Laura ihn nicht mehr mochte, wenn er ihr sagte, dass er sich umbringen wollte.

„Okay, vielleicht erzählst du es mir ja irgendwann mal", lächelte Laura Kevin zu.

Gegen 23 Uhr verabschiedete sich Laura von Kevin. Wieder umarmte sie ihn und gab ihm auf die Wange einen Kuss. Kevin war glücklich.

Die Tage vergingen. Kevin hatte jeden Tag Termine bei Kai, dem Krankengymnast, Julia, der Ergotherapeutin und bei Peter. Peter war ein Kinder- und Jugendpsychiater. Kevin mochte ihn nicht und schwieg deshalb die meiste Zeit, wenn er was gefragt wurde.

Eines Tages klopfte es an der Tür. Es waren Kai und Julia. Sie hatten einen elektrischen Rollstuhl dabei. „Guck mal, was wir hier mitgebracht haben", sagte Julia. „Wenn du genug übst, kannst du das Teil selbst fahren."

Selbst fahren? Wie sollte das funktionieren? Er konnte sich ja nicht mal allein am Kopf kratzen, wenn es dort juckte.

Kai hatte den Lifter geholt. „Wir setzen dich erst einmal in den Rollstuhl, damit du erst einmal ausprobieren kannst, ob er genauso bequem ist wie dein Rollstuhl."

Julia nahm die Decke weg. Sofort bekam Kevin eine Gänsehaut, denn er hatte unten herum nur eine Windel an. Kai holte aus dem Schrank eine Hose raus und zog sie ihm an. Nachdem sie das Netz unter Kevin gelegt hatten, fuhr Kai ihn mit dem Lifter hoch. Kevin lag wie ein Baby in dem Netz. Kai fuhr ihn über den Rollstuhl runter. Anschließend stellte er

Kevins Füße auf die Fußrasten. Vor Kevins Gesicht hing ein Knopf.

„Mit dem Knopf kannst du fahren. Du musst ihn nur in die Richtung drücken, wo du hinfahren möchtest."

Sehr witzig, dachte Kevin. Wie sollte er den Knopf betätigen?

„Du kannst alles mit dem Mund machen." Kevin sah Julia ungläubig an. „Du glaubst mir wohl nicht? Na, dann fangen wir mal mit der ersten Fahrstunde an", rief Julia.

Kevin konnte nach einer Stunde seine ersten Strecken geradeaus eigenständig fahren. Ein Lächeln huschte über sein Gesicht.

Nach einer weiteren Stunde waren sie fertig. Julia legte Kevin wieder in sein Bett und zog ihm die Hose wieder aus.

Am Abend dachte er daran, wo er überall hinfahren wollte. Zufrieden schlief er ein.

Am nächsten Morgen wurde Kevin wach, als Maik ihm das Insulin gab. „Wir wollen dich heute mal duschen."

Kevin war gespannt, wie sie das anstellen wollten.

Als draußen alle fertig mit Frühstücken waren, kam Anja. „So, dann geht es los."

Sie zog Kevin das T-Shirt aus. Dann nahm sie die Decke und legte sie zur Seite. Während Anja die Windel öffnete, kam Maik mit einem Duschbett zur Tür herein. Anja schob den Nachtschrank zur Seite.

Maik parkte das Duschbett direkt vor Kevins Bett. Dann holte Anja Jörn. Zu dritt schoben sie Kevin auf das Duschbett. Das Duschbett war sehr kalt. Maik legte Kevin ein Kopfteil unter seinen Kopf. Anja zog das Bettlaken ab und legte es auf Kevin. Mit dem Duschbett wurde Kevin über den Flur geschoben. Sie schoben Kevin bis ans Ende des Flurs, wo sich ein großes Bad befand.

Als Kevin so über den Gang geschoben wurde, sah er eine Frau, die ihren Sohn besuchen wollte und ihm hinterher sah, bis er ins Bad geschoben wurde. Kevin fühlte sich dabei sehr unwohl.

Maik schob das Ende des Duschbettes etwas über die Badewanne, damit das Wasser dort hereinlaufen konnte. Dann nahm er die Brause von der Badewanne in die Hand und stellte das Wasser ein. Anja, die noch Shampoo geholt hatte, kam zur Tür herein. Sie nahm das Bettlaken weg, mit dem Kevin zugedeckt war.

Kevin spürte auf einmal, wie das warme Wasser über seinen Körper floss. Kevin erinnerte sich an den letzten Tag mit seinen Eltern im Schwimmbad. Kevin schloss seine Augen und versuchte sich vorzustellen, dass er unter der Dusche stehen würde. Sein Vater hatte ihn dann immer gefragt, ob er gar nicht schwimmen gehen wolle.

Plötzlich hörte das Wasser auf über seinen Körper zu laufen.

„Vorsichtig, jetzt wird es etwas kalt", rief Maik und drückte etwas Duschgel über Kevin aus. Anschießend fing er mit dem Waschlappen an Kevin den Oberkörper zu waschen, während Anja ihm die Haare wusch.

Nachdem Kevin von oben bis unten eingeseift war, drehte Maik ihn zur Seite und Anja schruppte ihm den Rücken und noch den Hintern. Dann stellte Maik das Wasser wieder ein und fing an die Seife abzuduschen.

Kevin genoss das Wasser, welches über seinen Körper prasselte. Keine fünf Minuten später wurde das Wasser wieder abgestellt. „Noch nicht!", rief Kevin empört. Maik stellte das Wasser wieder ein.

Kurz darauf sagte Maik: „So, nun müssen wir aber Schluss machen", und drehte das Wasser ab. Kevin wurde es kalt, als das Wasser nachließ. Anja und Maik trockneten Kevin ab. Anja föhnte ihm die Haare noch. Dann zog sie ihm eine frische Windel, Strümpfe und eine Hose an. Anja ging nach draußen und holte den Lifter, während Maik den elektrischen Rollstuhl aus Kevins Zimmer holte.

Es dauerte nicht lange, da saß Kevin im elektrischen Rollstuhl. Als Anja die Badetüre öffnete, damit Kevin raus fahren konnte, kam gerade Julia über

den Gang gelaufen. „Ach, Kevin, gut, dass ich dich
hier treffe. Ich wollte mir dir draußen ein bisschen
fahren."

Kevin war einverstanden.

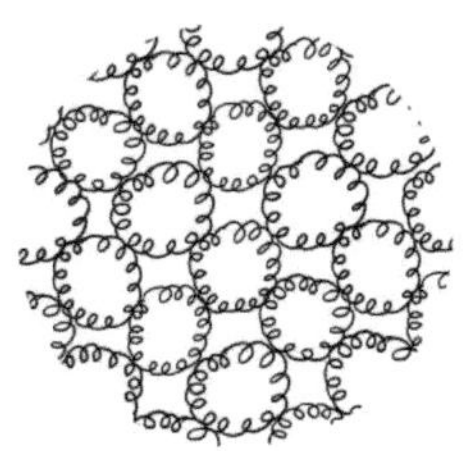

Nachdem sie draußen waren, verspürte Kevin ein Glücksgefühl. Es war das erste Mal nach vielen Monaten, dass er an der frischen Luft war. Er hörte die Vögel singen und die Sonne strahlte über sein Gesicht.

„Ich wusste gar nicht, wie schön das ist", rief Kevin glücklich. Dann fuhren sie in den Park. Dort übte Kevin das Lenken mit seinem Mund. Einmal hätte er fast einen Baum umgefahren. Als sie fertig waren, gingen sie zurück.

Im Zimmer angekommen sagte Julia: „Na, jetzt waren wir aber lange unterwegs. Nun muss erst mal wieder der Akku vom Rollstuhl aufgeladen werden, damit du bald deine nächste Spritztour unternehmen kannst."

Kevin war sehr müde und wollte ins Bett. Während Kevin in der Luft im Lifter hing, klopfte es an der Tür. Es war Laura. „Hallo", rief sie und sah erschrocken zu Kevin, der mit schlaffen Beinen immer noch im Netz hing.

Maik drückte den Knopf und Kevin wurde nach unten gelassen.

„Ich kann auch noch mal kurz nach draußen gehen", sagte Laura. Kevin schüttelte den Kopf. „Bleib hier."

Es dauerte nicht lange, da lag Kevin wieder in seinem Bett. Laura machte ihm das Kopfteil wieder etwas nach oben und setzte sich mit einem Stuhl ans Bett. Laura kam etwas näher an Kevin heran. „So, nun will ich dich erst mal begrüßen."

Sie gab Kevin einen Kuss auf den Mund. Kevin erwiderte den Kuss. Nach einem langen innigen Kuss sagte Laura: „Du, ich … ich habe mich in dich verliebt."

Kevin strahlte bis über beide Wangen.

Laura setzte sich auf den Stuhl, als es erneut klopfte.

Es war Jörn der einen Teller mit dem Mittagessen in der Hand hielt. Auf dem Teller waren Kartoffelbrei, passiertes Fleisch und passiertes Gemüse. Laura nahm den Teller entgegen und sagte zu Jörn: „Ich mach das schon."

Jörn nickte und ging wieder nach draußen.

Laura fuhr das Kopfteil von Kevin noch ein Stück nach oben. Dann hängte sie ihm ein weißes Lätzchen um, welches auf dem Nachtschrank lag.

Laura begann Kevin das Essen anzureichen. „Und? Schmeckt es Dir?"

„Na ja, probiere doch selbst.“

Laura nahm von allem, was auf dem Löffel war. Sie wollte ihn gerade in ihren Mund schieben, als Kevin niesen musste. Laura ließ vor Schreck den Teller fallen. Der Teller fiel zum Glück nur aufs Bett. Die Decke war voll mit Essen bekleckert. Laura sah Kevin an.

„Upps!“, rief sie.

Kevin musste lachen. Laura ließ sich vom Lachen anstecken.

Kurz darauf kam Anja und fragte, ob sie helfen könne. Laura schüttelte den Kopf.

„Sagen Sie mir nur, wo ich neues Bettzeug finde.“

„Draußen auf dem Wagen.“

„Okay.“

Anja zeigte Laura den Wagen mit der Bettwäsche. Laura nahm einen Bettbezug vom Wagen und holte noch einen Waschlappen, der auch auf dem Wagen lag.

Als sie zurückkam, fragte sie: „Ist es recht, wenn ich die Bettdecke wechsle,, oder soll ich jemand holen, der das macht?

Kevin schüttelte den Kopf. „Du kannst das schon.“

Laura nahm die Decke und bezog sie frisch. Als sie die Decke wieder ins Bett legen wollte und seine Füße gut einpacken wollte, merkte sie, dass Kevin ganz kalte Füße hatte.

„Mann, hast du kalte Füße. Kann ich dir ein Paar Strümpfe anziehen?"

Wieder nickte Kevin. Er beobachtete Laura, die im Schrank nach warmen Socken suchte.

Nachdem sie welche gefunden hatte, zog sie Kevin die Strümpfe an. Anschließend deckte Laura Kevin wieder mit der Decke zu.

„Hast du noch Hunger?"

„Nein."

Laura nahm das Lätzchen weg. „Ich muss dir den Mund noch abwaschen."

Sie nahm den Waschlappen und ging kurz ins Bad, um diesen etwas nass zu machen.

Es dauerte nicht lange, da kam sie mit dem Waschlappen wieder zurück. Mit dem Waschlappen wischte sie Kevin den Mund ab. Nachdem Laura die ganze schmutzige Wäsche nach draußen gebracht hatte, setzte sie sich wieder zu Kevin ans Bett. Beide mussten lachen.

Kevin konnte sich nicht mehr daran erinnern, wann er das letzte Mal so gelacht hatte.

Laura blieb noch bis 18 Uhr. Dann verabschiedete sie sich mit einem Kuss und ging nach draußen.

Als um 21 Uhr Else nach Kevin sah, schlief er bereits. Er hatte ein Lächeln im Gesicht.

Wieder verstrichen viele Tage. Laura kam ihn jeden Tag besuchen. Eines Tages sahen sie gemeinsam Fernsehen. Dort war ein Mann, der auch vom Hals abwärts gelähmt war. Dieser Mann malte Bilder mit seinem Mund.

„Hey, das ist ja cool", rief Laura begeistert.

Kevin nickte nur.

An einem Samstagabend kamen Jens, Markus, Maria und Paulo zu Besuch.

Sie unterhielten sich lange. Auf einmal fragte Paulo: „Sag mal, warum sprichst du eigentlich nicht mit Peter?"

„Ich mag ihn einfach nicht."

„Aber es ist doch wichtig, dass du mit ihm redest."

„Mit dem nicht!", schrie Kevin und drehte seinen Kopf weg.

„Würdest du lieber mit mir reden?", fragte Paulo.

Kevin zögerte etwas, dann nickte er.

„Okay", sagte Paulo und verließ das Zimmer.

Nach einer Weile kam er wieder. „Ich habe mit Peter gesprochen. Ich komme einmal die Woche. Den Rest der Zeit musst du zu Peter gehen und auch mit ihm reden."

Kevin war einverstanden.

Wieder vergingen viele Tage und Wochen. Kevin konnte nun mit seinem elektrischen Rollstuhl so gut fahren, als hätte er nie etwas anderes gemacht. Einmal in der Woche fuhr er mit Tina, der Beschäftigungstherapeutin in die Stadt zum Einkaufen.

Kevin fuhr im Supermarkt durch die Gänge, während Tina die Sachen besorgte, die sie auf ihre Einkaufsliste geschrieben hatte.

Kevin fuhr in die Schreibwarenabteilung. Dort sah er einen kleinen Jungen mit seiner Mutter. Die Mutter suchte nach einem Schreibheft. Als sie das passende gefunden hatte, rief sie: „Ah, hier ist es. Jetzt kannst du endlich schreiben lernen."

Kevin erinnerte sich daran, wie er mit seiner Mutter die ersten Schulsachen gekauft hatte. Während seine Mutter wie diese Frau nach dem Heft suchte, hatte er ein Malheft mit Micky Maus gefunden. Er sah es sich an und verliebte sich sofort in das Buch.

Als seine Mutter das richtige Heft gefunden hatte, rief sie: „Na endlich. Kevin leg das Heft weg, wir müssen deinen Vater noch suchen."

Kevin schüttelte den Kopf. „Kevin, ich habe dafür keine Zeit."

Sie nahm Kevin das Buch aus der Hand und räumte es weg. Kevin ließ sich auf den Boden fallen und schrie. Das hatte er oft gemacht, weil seine Mutter meistens aufgab und er die Sachen dann bekam. Seine Mutter packte ihn am Arm und wollte ihn hochziehen, doch Kevin ließ sich wieder auf den Boden fallen. Viele Kunden sahen ihnen zu, doch das störte Kevin nicht.

Kurz darauf kam auch sein Vater. Er packte Kevin und trug ihn schreiend nach draußen.

Mittlerweile hielt der kleine Junge das Heft in der Hand und strahlte über beide Backen. Dann verließ er mit seiner Mutter den Gang. Kevin fuhr zu den Malbüchern. Als er sie gefunden hatte, kam Tina.

„Kannst du mir da unten das Malheft zeigen?" Tina holte eins und zeigte es Kevin. „Das möchte ich haben."

Tina wunderte sich zwar, packte es aber, ohne weiter nachzufragen, in den Einkaufswagen. Nachdem Kevin sich noch ein paar Malstifte ausgesucht hatte, verließen sie das Geschäft.

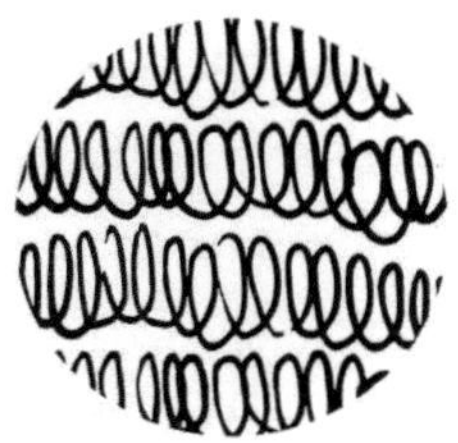

Als sie zurückkamen, wurde er zu Maik gerufen.
„Kevin, wir müssen uns über deine Zukunft unterhalten. In wenigen Tagen wirst du entlassen und wir müssen was Passendes für dich finden. Ich habe hier ein paar Sachen rausgesucht."

Zwei Stunden lasen sie Prospekte durch und durchstöberten im Internet Angebote von verschiedenen Wohneinrichtungen. Zum Schluss hatten sie sich für zwei Sahen entschieden, welche sie am nächsten Tag ansehen wollten.

Am Abend saß Kevin im Rollstuhl. Vor ihm lagen das Malbuch und die Stifte. Als Maik kam, um Kevin das Insulin zu geben, fragte er Maik, ob dieser ihm das Buch aufschlagen und ihm die Stifte aus dem Päckchen nehmen könne. Maik tat alles, worum Kevin ihn gebeten hatte. Anschließend ging Maik wieder nach draußen.

Kevin nahm den erstbesten Stift in den Mund. Damit versuchte er zu malen. Eine Stunde später betrachtete er sein Kunstwerk. Es erinnerte ihn eher an die Zeit, als er als Zweijähriger seine ersten Bilder gemalt hatte, als an einen fünfzehnjährigen Jungen. Er legte den Stift wieder zur Seite.

Am nächsten Morgen fuhren sie schon sehr früh los. Das erste Heim, welches sie sich ausgesucht hatten, lag außerhalb der Stadt. Da Else am Abend vergessen hatte, den elektrischen Rollstuhl an die Steckdose anzuschließen, konnten sie diesen nicht mitnehmen.

Das erste Haus war gelb und sehr groß. Julia, die zusammen mit Maik mitgekommen war, schob Kevin durch die große Eingangstür. In der Eingangshalle gab es eine Pforte, wo Maik nach der Heimleitung fragte.

Es dauerte nicht lange, da kam aus einer Tür eine junge Frau. Nachdem sie sich als Frau Beef vorgestellt hatte, zeigte sie ihr Büro. Im Büro bot sie Maik und Julia einen Kaffee an.

Nach einem kurzen Gespräch gingen sie auf den Wohnbereich. Im Wohnzimmer waren viele Rollstuhlfahrer. Sie sahen aus, als wären sie abgestellt wurden. Die Zimmer waren sehr klein und ihre Einrichtung erinnerte Kevin an die Wohnung seiner Großmutter.

Nachdem sie sich alles angesehen hatten, verabschiedeten sie sich von Frau Beef.

Als Maik Kevin rausfuhr, sagte er zu Kevin: „Also, so wie du aussiehst, war das hier nichts." Kevin nickte.

Das zweite Heim lag mitten in der Stadt. Maik fuhr Kevin hinein. Dort wurden sie von Herrn Klipper, dem Heimleiter, schon erwartet. „Hallo, ich habe schon auf Sie gewartet. Gehen wir erst in mein Büro? Da kann ich Ihnen schon einmal das Wichtigste erklären."

Im Büro bekamen Maik und Julia wieder einen Kaffee angeboten. Dann drehte Herr Klipper sich zu Kevin und fragte: „Willst du auch etwas zu trinken haben?" Kevin lehnte ab.

Eine Stunde unterhielten sie sich. Herr Klipper fragte Kevin immer wieder, ob er noch Fragen hätte.

Nachdem Kevin und die anderen beiden keine Fragen mehr hatten, kam eine Frau ins Büro. „Das ist Frau Biel. Sie wird Ihnen, wenn Sie möchten, die Räumlichkeiten zeigen."

Das Heim war eine Behinderteneinrichtung. Frau Biel zeigte ihnen als erstes den Speisesaal. Dieser war sehr groß. Es gab gerade Mittagessen. Kevin sah sich um. Viele Augen lächelten ihn an.

Dann sahen sie sich die Zimmer an. Es gab nur Doppelzimmer. Die Zimmer waren sehr geräumig und sehr modern eingerichtet.

Anschließend führte sie Frau Biel noch ins Badezimmer, in dem sich eine große Badewanne befand. Das Bad sah aus wie eine Oase. Sogar eine Palme stand dort.

Dann gingen sie wieder nach unten und sahen sich die Therapieräume an.

Es gab sogar ein Schwimmbecken.

Nach einer weiteren Stunde hatten sie alles angesehen und Herr Klipper verabschiedete sich von Kevin, Julia und Maik.

Auf dem Rückweg fragte Julia: „Und? Wie war das?"

„Gut", antwortete Kevin.

Als sie wieder zurückkamen, wollte Kevin erst mal in sein Bett.

Als er im Bett lag, hängte Maik ihm noch eine Sondenkost an, während Kevin langsam einschlief.

Am nächsten Morgen hatte er sich entschieden. Er wollte in die Behinderteneinrichtung.

Als Laura kam, erzählte Kevin ihr von dem Heim. „Das klingt gut. Das liegt ganz in der Nähe, wo ich wohne. Ich kann dich dann öfter besuchen kommen", rief Laura begeistert und lächelte Kevin an.

Die nächsten Tage verbrachten beide damit, schon einmal ein paar Sachen für den Umzug einzupacken.

Dann war der große Umzugstag da. Laura konnte nicht da sein, da sie Schule hatte.

Schon um halb sieben kam Anja zum Waschen. Nachdem sie Kevin einen Jogginganzug angezogen hatte, deckte sie ihn wieder mit der Decke zu und zog das Bettgitter hoch.

Eine halbe Stunde später kam das Taxi, welches Kevin in sein neues Zuhause bringen sollte. Sie hatten eine Trage dabei.

Es dauerte nicht lange, da lag Kevin auf der Trage. Alle Mitarbeiter, die Dienst hatten, kamen und verabschiedeten sich von Kevin und wünschten ihm alles Gute.

Die Taxifahrer schoben Kevin nach draußen. Kevin sah noch einmal das Rehazentrum an, bevor er ins Taxi geschoben wurde.

Während der Fahrt unterhielt sich einer der Taxifahrer, der hinten bei Kevin geblieben war, mit Kevin. Als der Taxifahrer fragte, warum er gelähmt sei, drehte Kevin den Kopf zur anderen Seite. Der Taxifahrer merkte, dass Kevin nicht darüber reden wollte, deshalb lenkte er auf ein anderes Thema.

„So, jetzt sind wir da", rief der Taxifahrer, der gefahren war. Die Tür wurde geöffnet. Ein paar Sonnenstrahlen kamen durch eine dicke Wolke hervor und strahlten Kevin direkt ins Gesicht.

Die Taxifahrer schoben Kevin ins Haus. Dort fuhren sie zum Aufzug und auf den zweiten Wohnbereich. Als der Aufzug aufging, rief einer der Taxifahrer: „Kundschaft!"

Eine junge Frau kam lächelnd aus einem Zimmer. „Na, dann mal unauffällig folgen."

Kevin wurde über den Flur geschoben.

Als sie ihn in ein Zimmer schoben, sah Kevin einen Karton von sich, den Laura gepackt hatte.

In dem Zimmer standen zwei Betten, eins stand in einer Ecke an der Wand. Auf diesem Bett lagen zwei Kuscheltiere. Das zweite Bett stand mehr in der Mitte, sodass man sich von zwei Seiten hineinlegen konnte. Aus diesem Bett nahm die junge Frau die Decke heraus. Die Taxifahrer schoben Kevin auf das Bett. Beide verabschiedeten sich von Kevin und gingen wieder mit der Trage nach draußen.

Die junge Frau kam auf Kevin zu. „Hallo, ich bin Joana. Hattest du eine gute Fahrt?"

„Ja", antwortete Kevin. „Hast du heute Morgen schon Nahrung angehängt bekommen?" Kevin verneinte. „Dann hast du bestimmt Hunger. Ich werde erst mal deinen Zucker messen und dann hängen wir eine Sondenkost an. Wo kann ich Blut abnehmen?"

„Am Ohr", sagte Kevin.

„232 mg%. Jetzt gebe ich dir noch dein Insulin." Nachdem Joana ihm das Insulin gegeben und eine Sondenkost angehängt hatte, ging sie raus.

Es dauerte nicht lange, da ging erneut die Tür langsam auf. Kevin sah, wie ein Mann durch den Spalt sah und langsam reinkam. Der Mann hatte eine blaue Arbeitshose an. In seinem Gesicht trug er eine dicke Hornbrille. Der Mann kam auf Kevin zu. Kevin merkte sofort, dass der Mann das Down-Syndrom hatte. Als Kevin in der Grundschule gewesen war, war dort auch ein Mädchen in seiner Klasse, das das Down-Syndrom hatte. Ihre Eltern wollten, dass sie auf eine normale Schule ging. Kevin hatte das Mädchen oft geärgert wegen ihres Aussehens. An einem Tag hatte Kevin ihr ein Bein gestellt, sodass sie auf den Boden fiel. Nach diesem Vorfall nahmen die Eltern das Mädchen von der Schule.

Der Mann sah Kevin vorsichtig an und sagte fröhlich: „Ich bin … bin Norbert, dein … dein Nachbar. Und wer bist du?"

„Kevin", antwortete Kevin.

Beide sahen sich an.

Dann ging die Tür auf. „Ach, Norbert, hier bist du. Der Bus zur Gärtnerei wartet schon auf dich." Es war Joana, die Norbert schon gesucht hatte.

„Ich muss los zur Arbeit, aber wir sehen uns heute Nachmittag", rief Norbert grinsend.

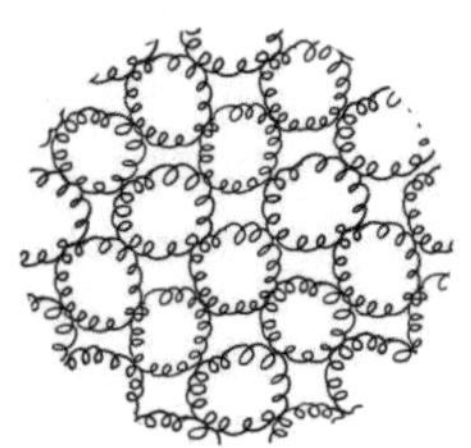

Kurz nachdem Norbert die Tür geschlossen hatte, kam ein junger Mann mit einem Lifter herein. „Hallo, ich bin Oliver. Ich wollte dich in den Rollstuhl setzen."

„Gute Idee", rief Kevin.

„Den Lifter kennst du schon?"

„Ja, leider."

„Na, warum leider?", fragte Oliver.

„Na ja, hingst du schon einmal in diesem Netz?" Oliver schüttelte den Kopf. „Na, dann mach das mal, dann weißt du, wie scheiße das ist."

„Ich glaub dir, dass das scheiße ist, aber sonst müsstest du täglich 24 Stunden im Bett bleiben."

„Ja das stimmt", antwortete Kevin.

Oliver legte das Netz unter Kevin. Nachdem er das Netz am Lifter befestigt hatte, drückte er einen Knopf. Kurz darauf hing Kevin wieder einmal im Netz. Wieder hingen seine Beine schlaff heraus. Kevin war froh, als er endlich in seinem elektrischen Rollstuhl saß.

Am Nachmittag fuhr er mit seinem Rollstuhl draußen herum, um die Umgebung kennenzulernen. Plötzlich hörte er jemanden rufen: „Hey, Kevin!" Es war Laura, die gleich nach der Schule zu ihm gekommen war.

Zusammen gingen sie in den Park, der direkt hinter dem Haus lag.

In der Mitte war ein Teich. Laura setzte sich auf eine Bank. Sie legte ihren Kopf auf den Schoß von Kevin. Für einen Moment schwiegen beide.

„Du, Laura."

„Ja?", fragte Laura.

„Ich muss dir was sagen."

„Na, dann erzähl mal."

„Wir sind ja jetzt schon etwas länger zusammen und ich möchte, dass du die Wahrheit kennst. Also, das mit dem Unfall, das … das …" Kevin schwieg. Nach einer kurzen Pause sagte er: „Also, es war kein Unfall. Ich bin von der Brücke gesprungen. Ich hatte gehofft unten tot anzukommen."

Wieder schwiegen beide. Dann richtete Laura sich auf. „Ich bin froh, dass es so passiert ist und nicht anders."

Kevin sah, dass Laura eine Träne im Auge hatte. Laura sah Kevin direkt in die Augen. „Ich bin echt mega froh, dass du überlebt hast. Du hast mich in den letzten Wochen zum glücklichsten Menschen gemacht", sagte Laura.

Kevin spürte einen Stein von seinem Herzen fallen. Er hatte Angst gehabt, dass Laura nichts mehr von ihm wissen wollte, und nun sagte Laura ihm, dass sie glücklich war.

Kevin lief auch eine Träne über die Wange. Laura wischte Kevin die Träne aus dem Gesicht. Dann gab sie Kevin einen langen Kuss. Eine Weile blieben beide noch am Teich sitzen. Sie schwiegen. Laura legte ihren Kopf wieder in Kevins Schoß.

Als beide wieder zurückkamen, gab es Abendessen. Vor dem Speisesaal standen alle und warteten, bis sie zum Abendessen in den Speisesaal durften. Als die Tür vom Speisesaal geöffnet wurde, stürmten alle hinein.

„Wollen wir auch was essen?", fragte Laura. Kevin war einverstanden.

Beide fuhren in den Speisesaal. „Bleib mal hier, ich frag mal, wo wir Platz haben", rief Laura und verschwand in der Küche.

Als sie verschwunden war, kam Norbert auf Kevin zu. „Hallo, Kevin. Willst du bei mir sitzen?"

„Wenn für meine Freundin auch ein Platz frei ist, gerne."

„Na klar", antwortete Norbert.

Als Laura wiederkam, hatte sie ein Lätzchen dabei. „Wir können uns da vorn hinsetzen“, rief Laura.

„Ich habe schon einen anderen Platz besorgt.“

Kevin stelle Laura Norbert vor. Dann gingen sie an einen Tisch am Fenster. „Ich hol dir was zu essen“, sagte Laura zu Kevin. Auch Norbert holte sich sein Abendessen. Norbert war als erstes wieder zurück, da Laura ihr Essen bezahlen musste.

„Und, gefällt es dir hier?“, fragte Norbert.

„Bis jetzt schon.“

Als Laura wiederkam, hatte Norbert bereits angefangen zu essen.

„Ich habe dir ein bisschen Grießbrei mitgebracht.“ Laura wollte Kevin das Lätzchen umhängen.

„Muss das sein?“, fragte Kevin.

„Du weißt doch, wie ungeschickt ich bin“, grinste Laura. Norbert merkte, dass Kevin sich unwohl fühlte. Er stand auf und ging Richtung Küche. Laura und Kevin sahen sich verwundert an.

Kurz darauf kam Norbert wieder. In seiner Hand hielt er einen Stapel Lätzchen. Diese verteilte er an dem Tisch. Er selbst behielt eins und hängte es sich um den Hals. Norbert drehte sich zu Kevin. „Wir sind jetzt der Lätzchentisch.“ Alle am Tisch lachten, auch Kevin.

Nach dem Abendessen verabschiedete sich Laura von Kevin und Norbert.

Kevin und Norbert fuhren auf den Wohnbereich. Als sie gerade aus dem Aufzug stiegen, kam Oliver auf sie zu. „Ach, Kevin, hier bist du. Ich wollte dir noch den Blutzucker messen.“

Anschließend sah Kevin mit Norbert im Fernsehen die Simpsons. Norbert lachte bei jeder Kleinigkeit. Kevin wurde jedes Mal vom Lachen angesteckt.

Dann saßen beide vor dem Fernseher und lachten, obwohl die Sendung schon zu Ende war.

Als beide später am Abend in ihren Betten lagen, unterhielten sie sich noch lange.

„Weißt du was?“, fragte Norbert.

„Ich weiß viel, aber nicht. was du mir erzählen willst.“ Beide mussten lachen.

„Ich lerne jetzt schwimmen. Jochen bringt es mir bei. Komm doch morgen mit ins Schwimmbad, da zeige ich dir das.“ Kevin war einverstanden.

So geschah es dann auch. Nach dem Frühstück holte Norbert seine Badehose. Kevin wurde auf einen Duschstuhl gesetzt, damit er ins Schwimmbad konnte.

Norbert stellte Kevin an den Beckenrand. Sechs andere Männer tobten schon im Wasser herum. Dann kamen Jochen und Inga und der Schwimmunterricht begann. Norbert sah immer wieder zu Kevin und grinste.

Während Norbert und die anderen Männer drei Bahnen schwimmen mussten, kam Jochen zu Kevin.

„Und, junger Mann, willst du auch ins Wasser?"

„Wie denn?"

„Ich helfe dir."

„Na, da bin ich ja mal gespannt."

„Okay, aber erst muss du eine Badehose anziehen."

Während Inga mit dem Unterricht weitermachte, holte Jochen eine Badehose für Kevin.

Dann holte er Kevin und fuhr ihn in die Umkleidekabine. Dort stand neben einem Lifter ein Tisch. Mit dem Lifter wurde Kevin auf den Tisch gelegt.

Nachdem Jochen Kevin ausgezogen hatte, zog er ihm die Badehose an. Anschließend setzte er Kevin mit Hilfe des Lifters wieder in den Duschstuhl. Jochen blies ein paar Schwimmflügel auf, die er Kevin dann auf die Arme schob. Dann fuhr Jochen Kevin wieder ins Bad. Norbert grinste Kevin an. Jochen fuhr mit dem Duschstuhl langsam ins Wasser hinein. Kevin spürte das Wasser, welches langsam höher stieg. Als sie weit genug drin waren, hob Jochen Kevin aus dem Stuhl und hielt ihn am Bauch und im Nacken fest. Kevin fühlte sich federleicht. Er genoss das Wasser.

Nachdem Kevin und Norbert wieder umgezogen waren, sagte Norbert: „Siehst du, Übung macht den Meister. Vor vier Wochen sah mein Schwimmen noch aus wie bei einem Kleinkind und jetzt bin ich doch schon sehr gut darin, oder?"

Kevin nickte, doch in Gedanken war er woanders. Er dachte an die Worte von Norbert: Übung macht den Meister.

Sollte das etwa heißen, wenn er lange üben würde, dass er wie Picasso malen könnte? Kevin nahm sich vor am Nachmittag anzufangen malen zu üben.

Nachdem Norbert zur Arbeit gefahren war,, fuhr Kevin mit seinem elektrischen Rollstuhl in sein Zimmer. Dort sah er sich um. Als er die Stifte und das Malbuch gefunden hatte, klingelte er. Die Klingel war am elektrischen Rollstuhl angebracht. So konnte er sie mit dem Mund bewegen.

Es dauerte nicht lange, da kam Cody. Er machte dort ein freiwilliges soziales Jahr.

Kevin sagte ihm genau, wie er die Stifte hinlegen sollte und das Malbuch. „Willst du das malen?"

Kevin bejahte. „Aber du darfst es keinem erzählen, sonst lachen die bestimmt."

„Okay, das bleibt unser Geheimnis."

Erst als Cody nach draußen gegangen war, suchte Kevin sich einen Stift aus. Vor ihm stand das Malbuch. Auf der Seite stand Donald Duck, der beide Daumen nach oben hielt.

Kevin nahm den Stift in den Mund. Langsam Stück für Stück nahm das Bild Farbe an. Nachdem er eine Weile so gemalt hatte, sah er sich das Bild an.

Ein paar Mal hatte er über die Linien gemalt, aber im Großen und Ganzen sah es nicht schlecht aus. Kevin klingelte erneut. Als Tino kam, fragte Kevin nach Cody. Der kam auch gleich. Er sah sich das Bild an und staunte. „Hey, Mann, an dir ist ja ein richtiger Künstler verlorengegangen."

Kevin grinste. Er fühlte sich glücklich.

In den nächsten Tagen malte Kevin immer wieder ein Bild, wenn Cody Dienst hatte, denn er wollte niemand anderem erzählen, dass er so etwas machte. Kevin hatte sich das Bild mit Donald an die Wand hängen lassen. Nun sah er sich dies immer an, wenn er Zweifel am Malen hatte. Für ihn hob Donald dann die Daumen nach oben und sagte: „Du schaffst das schon."

Draußen wurde es langsam kälter und es dauerte nicht lange, da fiel der erste Schnee.

Eines Tages als Laura und Kevin gerade im Schnee spazieren gingen, sagte Laura: „Du, ich habe eine Überraschung für dich." Kevin sah Laura neugierig an. „Also, ich habe ja nächste Woche Ferien und ich werde dich besuchen."

„Ja, aber wo ist denn da die Überraschung?", wunderte sich Kevin.

„Nun ja, wir werden ein Zimmer bekommen, wo ich auch schlafen kann." Laura strahlte Kevin an.

Eine Woche später war es so weit. Das Zimmer war sehr groß. Kevin und Laura waren den ganzen Tag über draußen spazieren.

Zum Abendessen setzten sie sich zu Norbert. Alle drei hatten sehr viel Spaß.

Nach dem Essen gingen sie ins Zimmer. Um halb acht kam Joana. „Wenn ihr Hilfe braucht, klingelt. Laura, du hast doch nichts gegen die Rundgänge vom Nachtdienst?" Laura schüttelte den Kopf.

Nachdem Joana wieder gegangen war, spielten beide noch Gesellschaftsspiele. Kevin sagte Laura immer, wo sie seine Steine setzen sollte. Beide hatten viel Spaß.

Nach mehreren Spieldurchgängen fragte Laura: „Wollen wir uns schon einmal umziehen?" Kevin nickte. „Gut ich ziehe mich erst mal um und dann helfe ich dir."

Kevin sah, wie Laura sich den Pullover auszog. Sie hatte eine schöne Figur. Anschließend zog sie ihre Hose aus. Kevin konnte nicht wegsehen. Laura lächelte ihn an und kam auf ihn zu. Dann gab sie ihm einen Kuss. Nach mehreren langen Küssen zog sie sich einen Schlafanzug an. „So mein Lieber, jetzt bist du dran." Erneut gab sie Kevin einen Kuss. Dann zog sie ihm den Pullover und das Unterhemd aus. Anschließend klingelte sie. Es dauerte nicht lange, da kam Oliver. „Hilfst du mir kurz ihn ins Bett zu legen?" Oliver nickte und holte den Lifter. Laura sah sich genau an, wie der Lifter funktionierte.

Als Kevin im Bett lag, fragte Oliver: „Soll ich noch bei der Hose helfen?" Laura schüttelte den Kopf.

Nachdem Oliver die Tür wieder hinter sich geschlossen hatte, holte Laura aus ihrer Tasche ein Babyöl. „Hast du schon mal eine Massage bekommen?" Kevin schüttelte den Kopf. „Willst du?"

„Von dir schon."

Laura legte alle Kissen aus dem Bett. Dann zog sie Kevin die Hose aus. Laura holte ein Handtuch. Anschließend zog sie Kevin die Windel aus und legte das Handtuch darüber. Kurz darauf fing sie an mit der Massage. Kevin schloss seine Augen und genoss es. Laura konnte es gut, denn ihr Vater hatte ein Massagestudio, wo sie öfter aushalf. Nachdem Kevin von Kopf bis Fuß eingeölt war, sagte sie: „So, jetzt muss das Öl noch einziehen. Sie legte sich neben Kevin ins Bett und streichelte Kevin über den Oberkörper.

Kevin wurde auf einmal etwas traurig. Ihm lief sogar eine Träne die Wange herunter. Laura sah das. „Hey, was ist los?“

Kevin zögerte. „Ach, weißt du, ich wünschte, ich könnte dich auch berühren und dir vielleicht auch mal den Rücken massieren. Oder dich einfach mal in den Arm nehmen.“

„Das verstehe ich“, sagte Laura.

„Nein, ich glaube nicht, dass du mich verstehst“, rief Kevin. „Mir kommen Gedanken, ob du dir nicht auch ein paar Zärtlichkeiten wünschst, die ich dir als Behinderter nicht geben kann.“ „Ach, Kevin, ich liebe dich so, wie du bist. Und du gibst mir genug, glaub mir.“

Eine Zeit lang lagen beide nebeneinander, ohne ein Wort zu sagen. Dann sagte Kevin: „Komm mal her.“ Laura kam mit ihrem Kopf näher an Kevin ran. Kevin gab ihr einen Kuss und sagte: „Danke.“

Mittlerweile war es schon halb elf. Nachdem Laura geklingelt hatte, kam Oliver. „Kannst du ihn fürs Schlafen fertig machen?“ Oliver nickte. Er zog Kevin als erstes ein Oberteil an. Danach zog er ihm eine frische Windel an und zum Schluss legte er Kevin so hin, dass er zu Laura sehen konnte. „So ihr beiden, dann schlaft gut“, rief Oliver und ging raus. Kevin und Laura unterhielten sich noch bis tief in die Nacht und es dauerte nicht lange, da schliefen beide ein.

Am nächsten Morgen kam um fünf Uhr noch einmal Oliver herein. Kevin war schon wach. Oliver legte Kevin auf den Rücken und hängte noch eine Flasche Wasser an, bevor er wieder leise hinausging. Laura war fest am Schlafen.

Nachdem Oliver wieder draußen war, beobachtete Kevin Laura. Er überlegte, wie er ihr eine Freude machen könnte. Als er so überlegte, wachte Laura auf. Sie grinste Kevin an. „Hast du gut geschlafen?", fragte Kevin. Laura nickte verschlafen. Es war noch früh. Draußen schliefen alle noch. Laura stand auf und kam zu Kevin. „Hast du auch gut geschlafen?"

„Ja", antwortete Kevin und gab Laura einen Kuss. Beide küssten sich einige Minuten. Dann sagte Laura: „Du kannst so gut küssen." Sie grinste.

Anschließend ging sie ins Bad. Kevin hörte, wie die Toilettenspülung von Laura gedrückt wurde. Laura fing an zu singen. Es dauerte nicht lange, da kam sie wieder zurück. Sie hatte nur ihr Schlafanzugoberteil an und eine Unterhose. Dann ging sie zu ihrer Tasche und zog sich an. Als sie fertig war, fragte sie: „Kann ich dich schon mal oben herum waschen?" Kevin war einverstanden.

Laura holte die Waschschüssel. Das Wasser war schön warm. Es roch ganz frisch. Laura fing an Kevin das Gesicht zu waschen. Langsam wischte sie ihm die Augen aus. „So, damit du mich auch richtig sehen kannst", lächelte Laura.

Kevin lächelte zurück. Nachdem Laura Kevin den Oberkörper gewaschen hatte, kam Cody und half Laura beim Rest. Dann setzte er Kevin mit Hilfe des Lifters raus in den elektrischen Rollstuhl.

„Wollen wir hier oben frühstücken?", fragte Laura und sah Kevin fragend an. Kevin nickte.

Das Frühstück war das längste, das Kevin je erlebt hatte. Vor jedem Bissen, den Laura ihm gab, gab sie ihm einen Kuss. „Wenn du so weitermachst, sitzen wir heute Abend noch beim Frühstück." Laura musste lachen.

Nachdem sie endlich mit dem Frühstück fertig waren, brachte Laura das Geschirr nach draußen. Dann kam sie wieder. Sie wirkte auf einmal sehr ernst. „Du, Kevin, ich kann die nächsten zwei Wochen nicht kommen." Kevin sah Laura verwundert an. Laura stockte. „Ich habe meiner Ma versprochen mit zu meinen Großeltern zu fahren. Sie wohnen an der Ostsee." Kevin fiel ein Stein vom Herzen. „Und ich dachte schon, es wäre etwas Schlimmes."

„Du bist mir also nicht böse?"

„Nein." Beide küssten sich wieder.

Dann sagte Laura: „Dann lernst du heute auch meine Ma kennen. Sie holt mich nach dem Mittagessen ab."

Kevin war sehr nervös. Wie würde Lauras Mutter reagieren, wenn sie ihn sah? Schließlich war er ja nicht der Traum aller Schwiegereltern.

Laura merkte, dass Kevin immer nervöser wurde, je näher es an den Mittag ging. „Hey, Schatz, egal wie meine Mutter reagiert, wichtig ist, dass ich dich von ganzem Herzen lieben." Laura gab Kevin einen Kuss auf die Stirn. Sie merkte, dass Kevin etwas ruhiger wurde.

Als sie im Speisesaal beim Mittagessen saßen, rief Laura: „Da kommt sie." Kevin sah zur Tür. Herein kam eine Frau mit langen blonden Haaren, die sie zu einem Zopf geflochten hatte. Laura winkte der Frau zu. „Hier bin ich." Die Frau kam mit ihren Stöckelschuhen auf den Tisch zu. Sie nahm Laura in den Arm.

„Na, mein Schatz, hattest du eine schöne Zeit?" Ohne eine Antwort abzuwarten, drehte sich die Frau zu Kevin. „Und du musst der sein, der meiner Tochter die Augen verdreht hat. Freut mich dich kennen zu lernen."

Die Frau kam näher an Kevin heran und nahm zur Begrüßung seine Hand. Lauras Mutter roch nach Parfüm.

Anschließend gingen alle drei noch eine Runde im Park spazieren.

Dann wollte Lauras Mutter los.

Am Auto verabschiedete sich Laura von Kevin. Beide küssten sich lange. „Auf jetzt, ich will doch auch noch Tschüss sagen", rief die Frau. Laura stieg in das Auto. Dann kam Lauras Mutter auf Kevin zu. „Du bist ein guter Junge!" Anschließend strich sie Kevin mit der Hand über den Kopf und stieg ins Auto ein. Kurz darauf setzte sich das Auto in Bewegung. Kevin sah, wie Laura ihm aus dem Fenster noch winkte, bis das Auto abbog.

Kevin fuhr in sein Zimmer. Dort klingelte er. Als Cody kam, sagte er: „Gut, dass du da bist. Laura ist im Urlaub. Ich möchte sie überraschen und ihr ein Bild malen. Im Bauhaus gibt es so Leinwände, wo man Bilder drauf malen kann. Fährst du mit mir dorthin?"

„Ich würde das ja gerne machen, aber ich darf den Bus nicht fahren." Sofort fielen Kevins Mundwinkel weit nach unten. „Guck doch nicht so, ich kann dir ja auch so welche besorgen, ohne dich." Sofort huschte wieder ein Lächeln über Kevins Gesicht.

Schon am Nachmittag fuhr Cody ins Bauhaus und holte so eine Leinwand.

Währenddessen überlegte Kevin, was er auf das Bild malen sollte. Es sollte ein besonderes Bild werden. Das Bild sollte Laura zeigen, wie gern er sie hatte.

Am nächsten Morgen kam Cody mit der Leinwand. „Mann, die ist aber riesig", rief Kevin, als Cody in sein Zimmer kam.

„Tja es gab leider keine kleineren."

„Na egal, dann wird es halt ein großes Bild." Cody legte Kevin alles so hin, dass Kevin überall gut dran konnte. „Spitzt du mir noch die beiden Bleistifte?" Cody nickte.

Nachdem er die Bleistifte angespitzt hatte, ging er wieder nach draußen. „Klingle, wenn du Hilfe benötigst", rief er Kevin im Herausgehen noch zu.

Kevin nahm mit dem Mund den Bleistift. Er überlegte noch mal kurz, dann zeichnete er Strich für Strich.

Nach einer Weile kam Cody. „Ich muss dir die Sondenkost anhängen." Während Cody die Sondenkost anhängte, betrachtete Kevin das Bild. Langsam konnte man erkennen, dass im Vordergrund zwei Personen dicht umschlungen saßen und Richtung Meer sahen und sich die Sonne ansahen, die gerade am Untergehen war. Cody betrachtete das Bild. „Das ist ja mega geil. Ich wusste ja gar nicht, dass du so gut malen kannst."

„Ich auch nicht", erwiderte Kevin und nahm den ersten Buntstift zum Ausmalen in die Hand.

Mittlerweile war es schon Mittag geworden. Kevin legte die Stifte zur Seite. Er wollte erst einmal eine Pause machen. Kevin fuhr mit seinem elektrischen Rollstuhl in den Park. Dort traf er Norbert, der am Teich auf der Bank saß und die Enten fütterte. Beide unterhielten sich. „Sag mal, Norbert, was arbeitest du eigentlich?"

„Ich arbeite in der Gärtnerei", schwärmte Norbert. „Ich liebe den Duft der Blumen, ich mag es, wenn die Blumen groß werden …"

Kevin merkte, wie begeistert Norbert erzählte. Zum Schluss sagte er: „Du kannst ja mal mitkommen. Vielleicht finden wir ja auch etwas für dich."

„Ach ja? Wie denn?"

„Du, da arbeiten noch mehr mit Rollstühlen."

„Ich kann ja mal schauen."

Am nächsten Tag kam Kevin mit zur Gärtnerei. Sie war riesig. Millionen Blumen und Sträucher standen herum. Kevin sah Norbert zu, der gerade dabei war ein paar Blumen zu gießen. Ach, wenn ich doch auch was tun könnte, dachte Kevin.

In dem Moment kam ein Mann auf Kevin zu. „Hallo, ich bin Ralf und du bist sicher Kevin." Kevin wunderte sich. Woher kannte der Mann seinen Namen? „Norbert hat mir viel von dir erzählt. Wenn du willst, kannst du mir helfen."

Kevin wusste nicht, wie er Ralf hätte helfen können. Ralf sah in Kevins Gesichtsausdruck, dass er sich nicht vorstellen konnte zu helfen. „Du kannst zwar nicht das machen, aber ich habe da etwas anderes. Schließlich kannst du dich ja unterhalten." Beide gingen in die große Eingangshalle. „Das da drüben ist Jannik. Er wird dir alles erklären."

Ralf zeigte auf einen Mann, der wie Kevin in einem elektrischen Rollstuhl saß und diesen auch mit dem Mund bewegte.

Kevin und Jannik verstanden sich von Anfang an sehr gut miteinander. Jannik war für die telefonischen Bestellungen zuständig. Kevin sah Jannik dabei zu.

Als das Telefon zum fünften Mal klingelte, sagte Jannik: „Los, geh du mal dran." Kevin zögerte. „Na los, du schaffst das schon."

Kevin drückte mit dem Unterkiefer den Knopf zum Abheben. „Gärtnerei Noah", rief er noch etwas zögernd in das Mikrofon. Am anderen Ende hörte er einen Mann. „Schönen guten Tag. Ich würde gerne 20 Rosen kaufen."

„Möchten sie die abholen oder geliefert bekommen?"

Je länger Kevin mit dem Mann sprach, desto sicherer wurde er.

Als er auflegte, sah er Jannik an. „Und? Wie war ich?"

„Super, von mir aus kannst du das öfters machen." „Das wäre super."

„Wir können ja mal mit Ralf reden. Der wollte sowieso noch mal mit dir sprechen."

Beide fuhren ins Büro von Ralf. „Ach, ihr beiden, da seid ihr ja. Ich habe schon auf euch gewartet. Und, Kevin, wie war es?"

Kevin erzählte begeistert, was er gemacht hatte.

„Kannst du dir vorstellen das öfters zu machen?" Kevin nickte. „Gut, ich möchte dich als Hilfskraft einstellen. Du würdest dabei ca. 200 Euro im Monat verdienen. Könntest du dir das vorstellen?" Kevin nickte glücklich. „Okay, dann werde ich den Vertrag fertig machen. Du kannst dann morgen schon anfangen."

Als Kevin wieder glücklich aus dem Büro fuhr, wartete Norbert bereits am Bus, der sie wieder ins Heim fuhr. Kevin erzählte Norbert gleich die Neuigkeiten. Norbert beglückwünschte Kevin.

Kurz darauf waren sie wieder zurück. Norbert ging in den Speisesaal zum Mittagessen und Kevin fuhr auf den Wohnbereich, da er ohne Hilfe nicht essen konnte. Im Aufenthaltsraum saßen noch sechs andere, die Hilfe beim Essen benötigten.

Nachdem Maria, die an diesem Tag ihren ersten Arbeitstag hatte, jedem ein Lätzchen umgehängt hatte, wurde das Essen ausgeteilt.

Nach dem Essen fuhr Kevin in sein Zimmer. Er betrachtete noch einmal sein Bild. Dann sagte er zu sich: „Es ist kein Sonnenuntergang, sondern ein Sonnenaufgang.“

In dem Moment kam Norbert. „Mann, ist das Bild schön. Malst du mir auch eins?“

„Was willst du denn für eins?“

„Ein schönes“, grinste Norbert.

„Ich werde mal sehen, was ich machen kann“, gab Kevin ihm als Antwort.

Nach einer kleinen Mittagsruhe klopfte es an der Tür. Es war Paulo, der ihn für eine Therapiestunde abholen wollte. „Und, bist du bereit?“

„Ja, wir können los.“

Kurze Zeit später saßen beide in einem kleinen Raum zusammen. Beide unterhielten sich lange. Kevin erzählte Paulo von seiner neuen Arbeit und von Laura. Dann sagte er: „Ich möchte zum Friedhof."

„Warum?", fragte Paulo.

„Ich möchte meinen Eltern einiges erklären. Außerdem möchte ich mal das Grab von meiner Oma sehen."

„Okay, ich denke das können wir machen, aber ich möchte dabei sein." Kevin nickte. „Wir können morgen Mittag hinfahren. Ich hol dich ab."

Nachdem Paulo wieder gegangen war, überlegte Kevin, was er seinen Eltern alles sagen wollte. Er konnte es kaum erwarten. Deshalb malte er wieder an seinem Bild, da die Zeit dabei schneller vorbeiging.

Am nächsten Morgen war Kevin sehr aufgeregt. Er klingelte. Cody kam. „Kannst du mir noch eine Leinwand besorgen?" Cody nickte. „Und ein paar Blumen fürs Grab? Die bräuchte ich heute Mittag schon."

„Wegen der Blumen geh doch in den Garten, da
wächst alles, was du willst."

Nach dem Frühstück fuhr Kevin mit Tina, die ein
zweiwöchiges Schulpraktikum machte, in den Garten. Kevin sagte ihr, welche Blumen er haben wollte.
Nach einer Weile hatte er zwei kleine Sträuße auf seinem Schoß liegen.

Nach dem Mittagessen ließ Kevin sich von Cody
seinen Anzug anziehen, den er bei seiner Konfir-
mation getragen hatte. Obwohl das nun schon an-
derthalb Jahre her war, passte der Anzug noch wie
angegossen.

„Mann, siehst du schick aus", rief Joana als Kevin
aus seinem Zimmer fuhr.

Um 14:30 Uhr kam Paulo. „Na, Kevin bist du start-
klar?" Kevin nickte. „Und du bist sicher, dass du dorthin willst?" Wieder nickte Kevin.

Paulo schob Kevin in den Bus. Kevin saß in seinem normalen Rollstuhl. Das wollte Paulo so.

Paulo blieb hinten bei Kevin sitzen, während
Franz, einer der Hausmeister, den Bus fuhr.

Je näher sie an den Friedhof kamen, desto nervöser
wurde Kevin.

Franz hielt vor dem großen Tor. Langsam schob
Paulo Kevin durch das Tor. Kevin spürte sein Herz

laut schlagen. „Wir können auch umkehren, wenn es zu viel ist." Kevin schüttelte den Kopf.

Dann sah er als erstes das Grab von seiner Großmutter. Paulo legte einen der Blumensträuße auf das Grab. Kevin sah lange das Grab an, ohne etwas zu sagen. Paulo stellte sich etwas abseits und beobachtete alles. Kevin ging vieles durch den Kopf, was er alles mit seiner Großmutter erlebt hatte und was seine Großmutter zu ihm bei der Beerdigung seiner Eltern gesagt hatte: „Mein Junge nun habe ich nur noch dich."

Kevin liefen Tränen über das Gesicht. Dann sagte er leise: „Oma, das wollte ich nicht, ehrlich."

Er blieb noch eine Weile vor dem Grab sitzen. Dann rief er Paulo. Der schob Kevin weiter zum Grab seiner Eltern. Nachdem Paulo die Blumen abgelegt hatte, setzte er sich etwas abseits auf die Bank und beobachtete Kevin. Er sah, wie Kevin mit seinen Eltern sprach. Anschließend schwieg er lange. Dann schloss er seine Augen. Er sah seine Eltern, die ihm zuwinkten. Seine Mutter rief: „Du bist ein guter Junge. Du wirst das alles schaffen." Kevin nickte.

Kevin blieb noch etwas am Grab sitzen, ohne etwas zu sagen. Dann kam Paulo auf ihn zu. „Können wir gehen?"

„Ja."

Als sie wieder auf der Heimfahrt waren, sagte Kevin: „Das tat echt gut." Den Rest der Fahrt schwieg Kevin.

Paulo unterhielt sich mit Franz über das neue Auto, welches Paulo sich erst vor wenigen Tagen gekauft hatte.

Als sie wieder im Heim waren, brachte Paulo Kevin in sein Zimmer. Dort fiel sein Blick auf das Bild, welches Kevin für Laura gemalt hatte. Das ist aber ein schöner Sonnenuntergang." Kevin schüttelte den Kopf. „Nein, das ist kein schöner Sonnenuntergang …"

Paulo sah Kevin verwundert an. „Nicht?"

„Nein, es ist ein Sonnenaufgang, es zeigt, dass ein neuer Tag anfängt", und leise fügte er hinzu, „mein neuer Tag." Paulo verstand, was Kevin damit meinte.

Die Tage vergingen. Bald schon war Weihnachten. Alle im Heim feierten zusammen. Sie saßen unter einem großen Weihnachtsbaum. Kevin dachte an sein letztes Weihnachten mit seinen Eltern. Sie hatten keinen Baum mehr bekommen, weil sie zu spät nach einem gesucht hatten. Deshalb stellten sie sich abwechselnd an die Wand und taten so, als wären sie ein Baum. Sie hatten dabei eine Menge Spaß gehabt.

Zum Schluss erhielt jeder ein Geschenk, es war eine rote Decke und Waschlotion. Gegen halb zehn fuhr Kevin in sein Zimmer. Norbert war auch schon

da. „Hey, Norbert, kannst du mir was unter dem Bett rausholen?“ Norbert nickte.

Er kniete sich auf den Boden und zog ein Päckchen heraus. Norbert fing an zu grinsen, denn auf dem Päckchen stand sein Name. „Na los, pack schon aus“, rief Kevin. „Das ist mein Geschenk für dich.“ Kevin hatte Norbert ein Bild gemalt. Auf dem Bild stand ein Gärtner inmitten von tausend Blumen.

Norbert bedankte sich bei Kevin und gab Kevin auch ein Päckchen. „Äh, könntest du es mir auspacken?“, fragte Kevin.

„Ach, ja klar.“ Schnell riss Norbert das Geschenkpapier auseinander. Dann hielt er Kevin drei Leinwände hin. „Hier, damit du bald Picasso wirst.“

Kevin bedankte sich und konnte sich ein Schmunzeln nicht verkneifen.

Am nächsten Morgen wurde Kevin sehr früh wach, denn Laura sollte heute wieder kommen. Ohne gefrühstückt zu haben, fuhr er in den Garten. Dort suchte er nach den schönsten Rosen, die er finden konnte.

Als er welche gefunden hatte, kam Joana. „Ich habe dich schon gesucht, Kevin. Ich wollte dir den Zucker messen."

„Kannst du, wenn du mir drei Rosen abmachst."

Joana suchte die drei schönsten Rosen raus.

Den ganzen Vormittag blieb Kevin vor dem Eingang und wartete. Er sah viele Leute rein und raus gehen, doch Laura war nicht unter ihnen.

Kevin fuhr in den Park. Er sah den Enten und den Schwänen zu.

Dann hörte er, wie jemand seinen Namen rief. Kevin fuhr mit seinem Rollstuhl herum. Es war Laura. Sie winkte ihm zu und kam auf ihn zu. Laura gab Kevin einen langen Kuss.

Beide blieben noch etwas im Park. Laura erzählte Kevin, wie es bei ihren Großeltern gewesen war. Kevin erzählte vom Besuch auf dem Friedhof, von der Arbeit in der Gärtnerei und von der Weihnachtsfeier.

Kevin war froh, dass Laura wieder zurück war.

„Du ich habe auch eine Überraschung für dich", rief Laura begeistert.

„So? Ich auch für dich", antwortete Kevin und freute sich schon auf Lauras Gesicht, wenn diese das Bild auspacken würde.

„Gut, aber erst bekommst du meine Überraschung. Nach dem Mittagessen geht es los."

Beim Mittagessen bekam Kevin kaum etwas runter, weil er so nervös war.

Nachdem beide fertig gegessen hatten, rief Laura: „So, du musst deine Augen ganz fest zumachen."

Kevin schloss seine Augen. Er spürte den Fahrtwind in sein Gesicht fegen, denn Laura schob den Rollstuhl ganz schnell. Kevin hörte, wie eine Tür aufging. Als Laura ihn reinschob, roch es nach Chlorwasser.

Laura hatte Kevin in die Schwimmhalle gefahren. „Noch nicht gucken!" Kevin ließ die Augen fest geschlossen.

Kurze Zeit später hörte Kevin, wie Laura das Licht ausschaltete. Kevin war etwas nervös. Was würde jetzt passieren?

„So, du kannst deine Augen öffnen."

Kevin öffnete seine Augen. Vor ihm stand Laura. Sie hatte ihren Bikini angezogen. Hinter ihr war das Schwimmbecken. Im Becken schwammen lauter Wasserkerzen, die die Form von Herzen hatten. Am Beckenrand lag eine Decke, auf der ein Korb stand.

Kevin war sprachlos. Laura lächelte. Sie kam auf Kevin zu, gab ihm einen Kuss auf die Stirn und sagte: „Das soll dir zeigen, wie lieb ich dich habe."

Kevin sah Laura an. „Komm her!"

Laura kam näher an Kevin heran. „Danke schön", flüsterte Kevin und gab Laura einen Kuss. Beide mussten grinsen.

„Ich habe gedacht, wir tun so, als wäre das das Meer und wir machen dort ein Picknick." Kevin dachte an sein Bild, welches er für Laura gemalt hatte. Er schloss die Augen und versuchte sich vorzustellen, wie das Wasser im Hintergrund rauschte.

Plötzlich ging die Tür auf. Kevin öffnete erschrocken die Augen. Jochen kam zur Tür herein und fragte: „Soll ich jetzt helfen?"

Laura nickte. „Jochen hilft mir dich auf die Decke zu legen."

Es dauerte nicht lange, da lag Kevin auf der Decke. Laura hatte ihm ein Kissen untergelegt. Nachdem Jochen rausgegangen war, legte sich Laura ganz dicht neben Kevin. Beide sahen sich sehr lange an. „Ich liebe dich", sagte Laura und strich Kevin durch die Haare.

Laura setzte sich ans Kopfende von Kevin. Dann hob sie Kevins Oberkörper hoch, so dass er vor ihr saß.

So saßen beide etwas zusammen und beobachteten das Wasser im Schwimmbecken. Kevin genoss es in den Armen von Laura zu sitzen.

„So jetzt müssen wir aber auch was essen", rief Laura. Sie legte Kevin vorsichtig auf die Decke zurück und nahm den Korb. „So, als erstes hätten wir etwas Obst mit Sahne …" Sie sah Kevin an. Kevin strahlte über beide Backen und dachte: Das ist mein Sonnenaufgang.

„Was ist los?", fragte Laura grinsend.

„Ach, nichts. Ich bin nur froh, dass es dich gibt." Laura gab Kevin mit ihrem Mund etwas vom Obst. Es dauerte lange, bis der Korb leer war.

Anschließend legten sie sich wieder hin.

Laura streichelte Kevin über den Oberkörper. „Ich würde gern mal einen Tag mit dir erleben als Gelähmte, damit ich weiß, wie das ist für dich. Wie das ist, wenn man nicht mehr allein essen kann, oder wie das ist, wenn du in diesem Lifter hängst."

„Das ist echt ätzend", grinste Kevin.

Laura grinste ebenfalls. „Ne, aber jetzt mal Spaß bei Seite. Hättest du etwas dagegen, wenn ich das mache?"

Kevin schwieg ein paar Sekunden. „Nein, du kannst es machen, aber es ist nicht so leicht." „Gut", rief Laura erfreut. „Ich habe mit Herrn Klipper gesprochen und er findet, dass das eine gute Idee ist. Ich könnte heute Abend mit dir wieder in dem großen Zimmer übernachten und ich würde so versorgt wie du."

„Bist du sicher das du das machen möchtest?", fragte Kevin.

„Ja, ich bin mir ganz sicher." „Okay, ich freue mich, dass du in meiner Nähe sein wirst", sagte Kevin.

„Wir müssen nur noch Herrn Klipper sagen, dass ich es mache", rief Laura begeistert.

Nachdem sie noch eine Weile so zusammen lagen, holte Laura Jochen, der ihr half Kevin wieder in den Rollstuhl zu setzen.

Nachdem Laura den Korb und alle Kerzen aus dem Wasser geholt hatte, gingen sie zu Herrn Klipper.

„Und, Laura? Willst du das wirklich machen?"

„Ja, ich will wissen, wie es für Kevin ist."

„Okay, ich habe hier einen Rollstuhl für dich, eine Jogginghose und eine Windel."

Laura stutzte. Sie sah sich die Windel an. Nach kurzem Zögern sagte sie zu Kevin: „Ein Tag so wie du, mit allem, was dazugehört."

Laura ging zur Toilette, um sich umzuziehen. Es dauerte nicht lange, da kam sie umgezogen wieder zurück. „So, jetzt fängt es an", rief Laura und gab Kevin noch einen Kuss, bevor sie sich in den Rollstuhl setzte. Herr Klipper band Lauras Arme und Beine mit einem Klettverband an dem Rollstuhl fest, da Kevin ja auch nur seinen Kopf bewegen konnte.

„Oh Mann", rief Laura, „das ist schon heftig."

Herr Klipper rief auf dem Wohnbereich an und ließ Tina kommen, um Laura abzuholen.

Tina staunte nicht schlecht, als sie bei Herrn Klipper die Tür öffnete. „Fahr sie hoch. Die anderen wissen schon Bescheid."

Kevin fuhr hinter Tina her, die Laura schob. War es wirklich eine gute Idee, dass Laura das machte?

Als sie oben ankamen, fuhr Tina Laura in den Aufenthaltsraum, da es mittlerweile schon Abendessenszeit war. Kevin fuhr auf seinen Platz. Tina stellte Laura gegenüber. Laura sah Kevin an. Ihre Blicke wurden unterbrochen, als Cody und Joana die Lätzchen verteilten.

Anschließend verteilten sie das Essen. Kevin bekam wie jeden Abend ein kleines Stück Brot und etwas Grießbrei. Auch Laura bekam Brot und Grießbrei. Außerdem bekam sie noch einen Tee.

Kevin beobachtete Laura. Joana setzte sich zu Laura und Cody setzte sich zu Kevin. Beide reichten Laura und Kevin das Essen an. Für Kevin war es nichts Neues, doch für Laura war es ein komisches Gefühl.

Auf einmal klingelte das Telefon von Joana. Als sie dran ging, rief sie: „Oh shit … ja … ich komme sofort.“

Nachdem sie aufgelegt hatte, schob sie Laura noch einen Löffel mit Grießbrei in den Mund und ging weg. Laura sah ihr verdutzt hinterher. Kevin musste laut loslachen.

„Ja und jetzt? Ich bin doch noch am Essen“, rief Laura entsetzt.

„Tja“, antwortete Kevin lachend „jetzt heißt es wohl warten.“

Es dauerte etwas, bis Joana wiederkam.

Nach dem Essen fuhren Kevin und Laura ins Zimmer. Sie stellten sich gegenüber und spielten: Wer zuerst lacht. Beide hatten eine Menge Spaß.

Um halb acht kamen Cody und Joana. Sie hatten den Lifter dabei.

„Und? Wer will zuerst ins Bett?"

„Kevin", sagte Laura, noch bevor Kevin etwas sagen konnte. „Ich will erst noch mal gucken."

Kevin war damit einverstanden.

Zuerst putzte Cody Kevin die Zähne. Anschließend zog Cody ihm den Pullover aus und zog ihm ein Schlafanzugoberteil an.

Danach fuhr er Kevin mit dem Lifter über das Bett. Als Kevin fertig war, kam Laura dran.

Während der Lifter nach oben ging, fing Laura an zu schreien: „Bitte, lasst mich runter." Als Laura fertig im Bett lag hob Joana das Bettgitter hoch.

„So, gute Nacht ihr beiden."

Als beide allein waren, sagte Laura: „Du bist ein starker Mensch, ich würde das nicht täglich aushalten."

Beide unterhielten sich noch eine Weile. Dann sagte Laura: „Jetzt weiß ich, wie das für dich ist, wenn man sich wünscht einen berühren zu können und es nicht kann. Ich glaube, der Abend hat mir gereicht." Laura klingelte. Gregor, der Nachtdienst hatte, kam. „Es reicht mir. Kannst du das Bettgitter öffnen?"

Nachdem Gregor wieder rausgegangen war, stand Laura auf und ging ins Bad. Dort zog sie ihre Windel aus und zog sich eine Unterhose an.

Anschließend kam sie wieder zurück. Sie legte sich zu Kevin ins Bett und streichelte über Kevins

Gesicht. „Das habe ich eben vermisst." Sie gab Kevin einen Kuss. Irgendwann schliefen beide eng umschlungen ein. Als Gregor nach ihnen sah, ging er leise wieder nach draußen.

Am nächsten Morgen wachten beide sehr früh auf.

Beide sahen sich wieder lange an. Laura lächelte. Danach gab sie Kevin einen Kuss. Kevin erwiderte den Kuss. „Du kannst zwar nicht allein essen oder dich anziehen, doch du kannst so gut küssen. Ich liebe es, wenn du mich küsst. Das geht dann durch den ganzen Körper, so als würdest du mich überall berühren."

„Dann komm mal her, damit ich dich am Bauch noch berühren kann." Kevin grinste. Beide fingen laut an zu lachen.

Nach einer Weile fragte Kevin: „Würdest du mich mal zum Friedhof begleiten?" Laura nickte. „Könnten wir das heute machen? Und anschließend bekommst du meine Überraschung."

„Okay, gehen wir gleich nach dem Frühstück?"

Kevin nickte. „Ja, wenn uns Franz fahren kann."

Gleich nach dem Frühstück gingen sie Franz fragen. Franz musste noch eine Heizung reparieren und hatte danach Zeit.

Paulo hatten sie auch gefragt, ob Kevin allein mit Laura zum Friedhof durfte. Da Paulo nichts dagegen hatte, fuhr Franz die beiden zum Friedhof.

Laura schob Kevin den Weg entlang. Franz wartete im Auto. Als sie am Grab von seiner Oma waren, rief er: „Stopp, hier liegt meine Oma."

„Hier?", fragte Laura und zeigte auf einen Grabstein.

„Nein, der daneben: Anna Luisa Pneu, geb. Tischler, geboren am 20.06.1932, verstorben am 14.03.2007." Kevin schwieg. Auch Laura sagte nichts. „Komm, schieb mich weiter!"

Es dauerte nicht lange, da kamen sie an das Grab von seinen Eltern. „Hier liegen sie. Mam und Dad." Laura wusste nicht, was sie sagen sollte.

Kevin sagte auch nichts. Nach ein paar Minuten sagte Kevin: „Da vorn ist eine Bank, lass uns dort hingehen." Laura setzte sich auf die Bank. „Holst du hinten aus meiner Tasche mal das Album heraus?" Laura holte ein kleines schwarzes Album heraus.

„Ich möchte es mit dir anschauen, damit du meine Eltern besser kennenlernst."

Langsam öffnete Laura das Album. Auf der ersten Seite war ein Brautpaar mit einem Baby in den Armen. „Das sind meine Eltern an ihrem Hochzeitstag."

„Und wer ist das Baby?"

„Das bin ich."

„Oh, du warst ja damals schon süß." Kevin grinste.

Nach und nach sahen sie sich die Bilder an und Kevin erzählte zu jedem Bild eine Geschichte. Wie er mit seinen Eltern im Urlaub war, wie Feste oder Ähnliches gefeiert wurden.

Als Kevin sich so erinnerte, musste er zwischendurch immer wieder grinsen. Auch Laura lachte mit, obwohl sie Kevins Eltern nur von Fotos her seit wenigen Minuten kannte.

Das letzte Bild war stark zerknittert und mit Blut verschmiert. „Was ist das?", fragte Laura erschrocken.

„Das ist das letzte Bild von uns. Ich hatte es beim Sprung dabei. Wir waren im Schwimmbad. Dad hatte einem wildfremden Mann den Fotoapparat gegeben, der dann das Bild machte. Wir hatten eine Menge Spaß."

Kevin erzählte und erzählte. Er erzählte auch vom letzten Tag, an dem er seine Eltern gesehen hatte. Wie sie sich von ihm verabschiedet hatten, um in den Urlaub zu fahren, und nie wieder zurückkamen. Kevin erzählte, dass er sich schon vor dem Sprung umbringen wollte. Dass er damals im Aufzug sterben wollte und sich deshalb nicht gespritzt hatte.

Laura hörte mit weit aufgerissenen Augen zu. Sie konnte es nicht fassen.

Eine halbe Stunde berichtete Kevin von allem, was passiert war. Zum Schluss sagte er: „Nun habe ich dich und ich bin froh, dass ich noch lebe."

Laura kam auf ihn zu und gab ihm einen Kuss auf die Stirn. „Ich bin auch froh, dass es dich gibt."

Laura legte ihren Kopf auf Kevins Schoß, als plötzlich jemand rief: „Ich will ja nicht stören, aber nach drei Stunden müsste ich mal wissen, wann es zurückgehen soll." Es war Franz, der vorsichtig auf die Bank zukam. Kevin und Laura grinsten sich an.

„Wir kommen ja schon", rief Laura.

Auf der Heimfahrt unterhielten sie sich mit Franz über Fußball, was Laura zwar überhaupt nicht interessierte, aber sie hörte aufmerksam zu, schließlich hatte Franz ja extra für sie so lange gewartet.

Als sie wieder zurückkamen, gab es Mittagessen. Laura verabschiedete sich, denn sie war mit ihrer Mutter zum Essen verabredet.

Nach dem Mittagessen spielte Kevin mit Norbert Gesellschaftsspiele. Auf einmal fragte Norbert: „Bist du eigentlich mein Freund?"

„Ja, sonst hättest du kein Bild von Picasso im Anfangsstadium bekommen."

Beide lachten. Bis zum Abendessen spielten sie noch weiter.

Am Abend saßen beide vor dem Fernseher, als Laura noch mal kam. Sie fuhr Kevin ins Zimmer. „Hier, Kevin, ich habe was für dich." In ihrer Hand hatte sie ein Foto von sich. Sie zeigte es ihm. „Damit du mit mir ein neues Album anfangen kannst."

„Danke schön, ach ja, ich habe noch dein Geschenk. Hol es mal aus dem Kleiderschrank."

„Oh, das ist aber riesig."

„Los, pack es aus." Kevin war gespannt, wie Laura reagieren würde.

Langsam riss Laura das Geschenkpapier auseinander. Laura staunte nicht schlecht, als sie das Bild sah. „Hast du das gemalt?"

„Ja, nur für dich."

„Hat das Bild eine Bedeutung?"

Kevin nickte. „Es zeigt uns beide bei einem Sonnenaufgang, das siehst du ja, und es bedeutet, dass es ein neuer Anfang für mich ist, bei dem du eine sehr wichtige Rolle spielst. Und ich hoffe und wünsche mir, dass ich den neuen Lebensabschnitt mit dir teilen kann."

Laura sagte erst mal nichts. Sie gab Kevin einen Kuss. Danach flüsterte sie ihm ins Ohr: „Ich teile ihn mit dir, denn ich liebe dich." Erneut gab sie Kevin einen Kuss. Dann sagte sie: „Aber du malst doch noch mehr Bilder, oder?"

„Na klar", rief Kevin lachend „schließlich muss ich ja noch Picasso werden."